我的车停在哪了

王佳 著

陕西师范大学出版总社

图书代号 WX23N1825

图书在版编目（CIP）数据

我的车停在哪了/王佳著. —西安：陕西师范大学出版总社有限公司，2023.11
ISBN 978-7-5695-3926-4

Ⅰ.①我… Ⅱ.①王… Ⅲ.①短篇小说—小说集—中国—当代 Ⅳ.①I247.7

中国国家版本馆CIP数据核字(2023)第183344号

我的车停在哪了
WO DE CHE TING ZAI NA LE
王　佳　著

出 版 人	刘东风
出版统筹	侯海英　曹联养
责任编辑	景　明　马康伟
责任校对	张爱林
书籍插图	党子怡
封面设计	李　璐
版式设计	东合社·安宁
出版发行	陕西师范大学出版总社
	（西安市长安南路199号　邮编710062）
网　　址	http://www.snupg.com
印　　刷	陕西龙山海天艺术印务有限公司
开　　本	787 mm × 1092 mm　1/32
印　　张	8.375
字　　数	150千
版　　次	2023年11月第1版
印　　次	2023年11月第1次印刷
书　　号	ISBN 978-7-5695-3926-4
定　　价	49.00元

读者购书、书店添货或发现印装质量问题，请与本公司营销部联系、调换。
电话：（029）85307864　85303620　传真：（029）85303879

大概,我的青春期来得特别晚吧,四十岁以后才任性和叛逆起来,似乎是在弥补年少时的遗憾。李红丽想。

《我的车停在哪了》

《二胎》

一名成熟的中年妇女，得把自己的真实样貌层层包裹在眼霜、水乳、隔离、粉底后面，就像川剧里的变脸，一层又一层，试图骗过别人，更要瞒过自己，在社交距离内尽量体面，达到不妨碍别人的一般水平。

《拉票》

这世上很多事情都是这样,得不到的时候,总想得到;得到的时候,又不过尔尔。

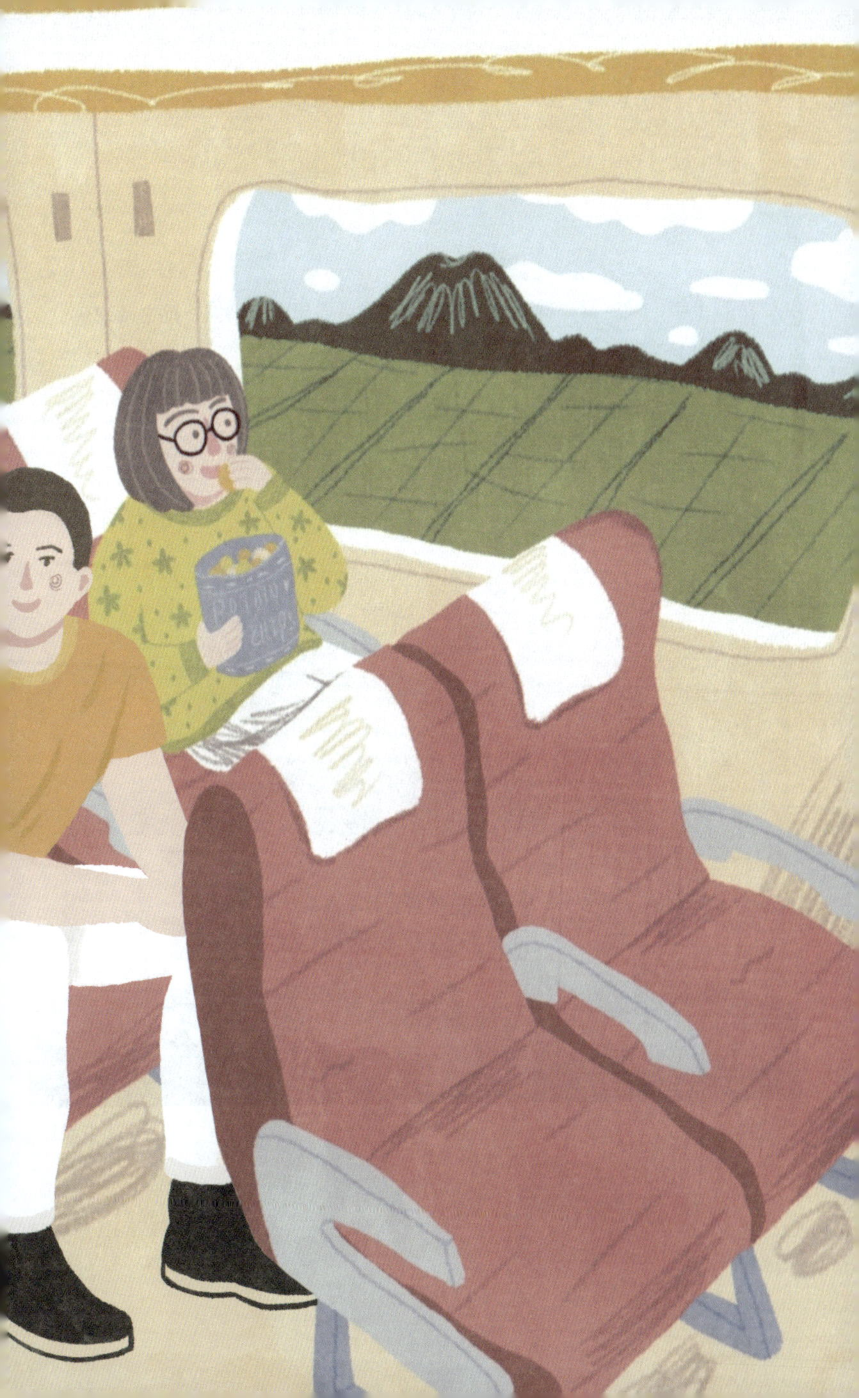

结婚十年,梁广贤早就对胡锦俪了如指掌。要想维持婚姻,他必须忍耐。

《空城计》

好在早已是老夫老妻啦，风风雨雨这么多年过来了，还能为这么一点小事闹离婚？

《金子》

《你是我的姐妹》

生活这头庞然大物，总是不按常理出牌，命运犹如一根廉价拉链，总是拉错位置。

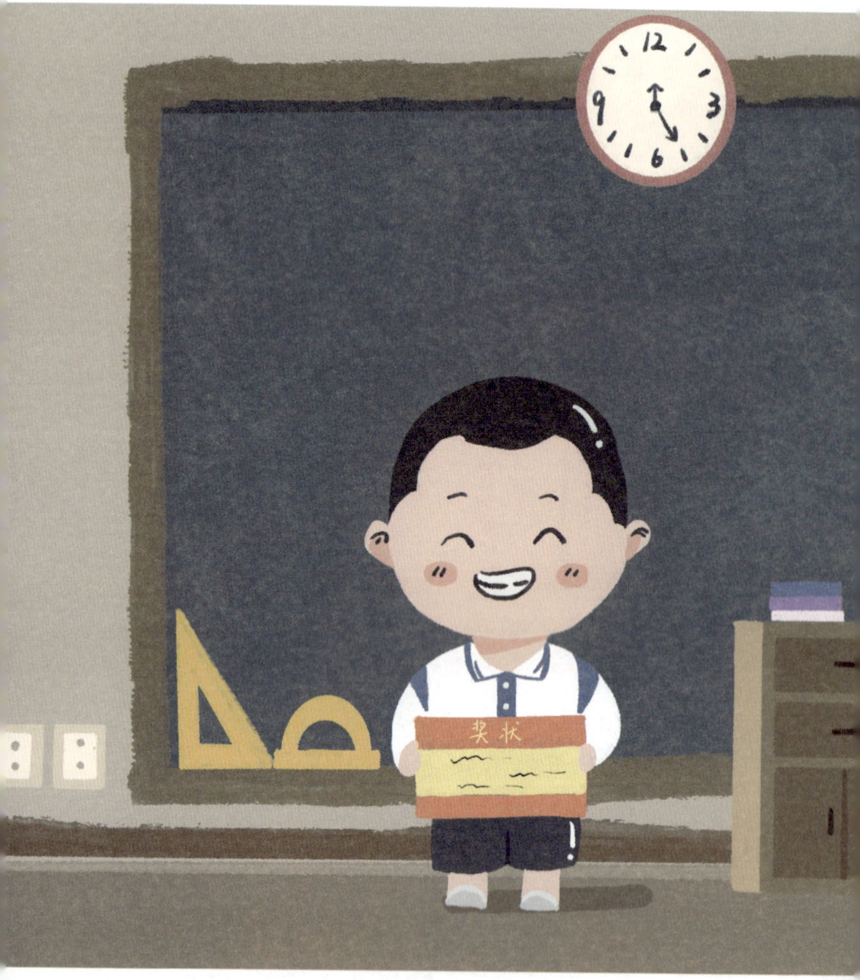
奖状

对于周小毛的个人问题,周逢雨拿出了学术研究的劲头,采取提出问题、分析问题、解决问题的思路。他的反击战开始了。

《周教授的新课题》

《张章的婚事》

三十岁的第一天，张章忽然坠入了巨大的焦虑当中。早上七点的闹钟每隔十分钟就提醒她一次，这是青春的挽歌，是岁月蓄意的折磨。

张秋霞把顾茵梦引往楼上。明明外面艳阳高照,楼道却乌漆麻黑,天井里漏出的阳光并不能给楼道匀出一星半点。

《天外来客》

目录

我的车停在哪了　001

二胎　029

拉票　057

空城计　083

金子　113

你是我的姐妹　145

周教授的新课题　171

张章的婚事　193

天外来客　227

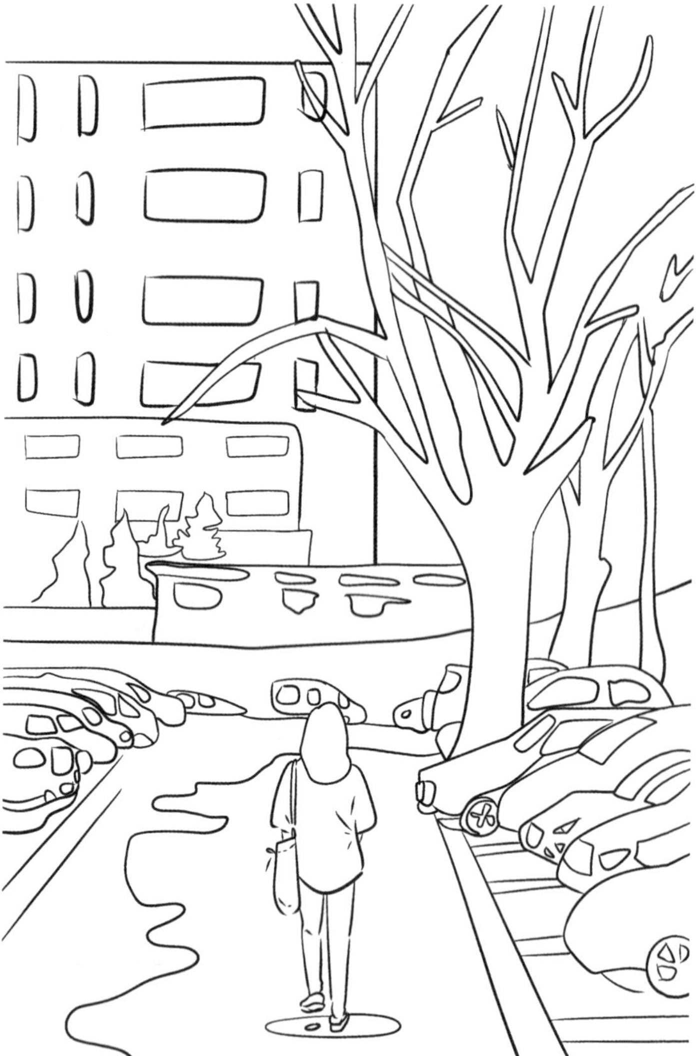

我的车停在哪了

每一辆车都有它的主人,每一位主人都能开着它奔赴目的地。

啊,我的车啊,你究竟在哪?

滴管里的液体和时钟一样不紧不慢,就要流尽了,平板电脑里的动画片也正好响起片尾曲,孩子脸上泪痕依稀,被佩奇和乔治逗得咯咯直笑。母亲已经提前收拾好了东西,她站起来下了指令:"你先去叫护士拔针管,然后把车开到门口,我带妞妞到门口,我们碰头,不耽搁时间。"

她的设想准确有序,是一个老年妇女丰富生活智慧的直接体现。既节省了时间,又避免了车子在门口等候太久被贴条。李红丽自然言听计从。不得不承认,刚才,她光顾着刷微博了解八卦,对眼前即将要做的事情没有任何计划。母亲黑黢黢沉甸甸的脸色已经预告了即将发生的一切,此刻,李红丽噤若寒蝉,走路踮脚。

昨晚在饭桌上,李红丽苦口婆心教育妞妞:"妈妈小时候,哪有你这么好的条件,奥数班、舞蹈班、书法班,想都别想!我都是在家里自学,靠自律和自觉考上大学,一直读到了博士,最后成了一名体面的大学老师。"孩子似懂非懂,用崇拜的目光和捣蒜式的点头回应李红丽。李红丽趁热打铁说:"所以呢,你有这么好的条件,一定要珍惜,取得更加优异的成绩,超过妈妈。"说完,李红丽做了一个斗志昂扬的"奥利给"动作,试图营造一个正面而温馨的教育场景。不料,正在默默刷手机的老太太撇撇嘴道:"别把自己说得那么高大上,高三你还复读了一年呐!"妞妞收回她的崇拜,恍然大悟的样子——原来妈妈留过级啊。

李红丽最大的秘密被揭露,好不容易在妞妞面前树立的完美形象打了折扣,从此,孩子可能会认为现身说法的激励都是谎言。说来也怪,这几年老太太总是叨叨自己记性衰退,小声嘀咕是不是患上了阿尔兹海默症,但是对于这种陈芝麻烂谷子的事却记得一清二楚。尤其是她的独生女儿李红丽三岁尿裤子、六岁抢橡皮、把同桌男生按在地上打这样的糗事,简直是如数家珍。很多时候,李红丽甚至感到遗憾,为什么老太太只有她这么一个孩子，如果有个兄弟姐妹，母亲的记忆之箭就不会只瞄准她一个人。

如同一只蓄势待发的皮球被戳了一针，忽然被破功，这令李红丽十分沮丧甚至恼怒。她一言不发，再不像往常那样嬉皮笑脸，把碗收得叮叮当当，门甩得哐哐当当。她决定带着妞妞离家出走，以表达对老太太的抗议。然而当洗碗池的水凉飕飕地浇到手腕上时，李红丽突然改变了主意。

离家出走，自己能去哪呢？明天早上十一点有个学科评议会，即将发言，领导找不到她，会不会打电话到家里？而母亲，那个外人面前一团和气的老太太，是不是会回答，噢，我也找不到她，大概是，唔，离家出走了吧。

那岂不是——糗大了。

李红丽决定换一种方式表示不满。平时吃完晚饭，她总是老老实实待在家里，看看书，完成一点白天没有完成的工作，或者给妞妞辅导作业。今天不一样，她必须做出点什么，表达自己的愤怒，显示她是有底线有原则的。水槽里的水越漫越高,似乎有点堵。如果是往常,李红丽会顺手拿起皮搋子压两下,今天她决定罢工,看谁先看不过眼。

一听说要去游泳馆,妞妞欢欣雀跃。收拾好东西出门时,李红丽突然觉得还是要给老太太说一下,万一她真出门去找人了呢?老太太眼神不太好,大晚上的要是出点什么事可怎么办。于是李红丽一边开门一边说:"妈,我们去游泳了哦。"

老太太正在看电视。这几年,伴随着记忆的衰退,她迷上了悲情的韩剧。IPTV里的电视没有广告,可以一直放,一直放,放到天荒地老。老太太花白的脑袋拧过来,迷蒙伤感的目光还来不及转换频道,嗓子如同刚刚哭泣过的女主角一样嘶哑。她惊讶地说:"你们要去游泳?这么冷……天,不怕……感冒?"

这句话穿过门缝挤进电梯,就只剩下了隐约含糊的半句。

李红丽狠狠按下一楼的电梯按键。

游泳馆离李红丽的家很近,隔了一条马路。室内恒温游泳池，水温永远控制在刚刚好的 26 摄氏度。李红丽恰好有两张票，是开业大酬宾赠送的。在洗碗时，李红丽在心中精密计算评估，这是一场完美的"离家出走"，既报复了老太太对自己的揭发，让她在家里有些忧心着急，又只有短短两小时，时间和经济成本为零，完全符合祖传的精打细算。

被水包裹时，李红丽暗自揣测，以老太太六十多岁的认知，大冬天去游泳，多冷啊。她哪里能想到，外面寒风肆虐，水里却温暖如春。李红丽巧妙地利用了技术进步带来的认知鸿沟，完美策划了一次小小的示威。老太太应该意识到，是她说错话，李红丽才会负气出走的吧，她在家一定是坐立不安的吧，而自己则在温度正好的水里漂浮腾挪，畅快无比。

李红丽本来以为，这是能力范围内一次可控的任性。事实证明，一切任性都是会付出代价的。昨晚她和妞妞在泳池玩疯了，回家倒头就睡。半夜突然触摸到身旁滚烫的身体。

妞妞发烧了！

很显然，发烧是游泳引起的，应该是路上着了凉。

李红丽想起了出门时老太太的警告。晚饭时候的怄气还没有消除，她和老太太的关系并没有缓解。李红丽蹑手蹑脚打开手机手电筒，凭借微弱的光去客厅药柜里拿体温计和退烧药。为了不被发现，路过老太太的房门时，李红丽像一只警惕的老鼠，轻盈又迅速。

屋子里还是传来了轻轻一声："谁？"

李红丽能想象她掀开了被子，坐在床沿随时准备下地的样子。在李红丽上高中时，她的父亲去世后，老太太每晚都像一只机警的兔子，倾听来自四面八方的响动。老太太早年就下岗了，骑着三轮车跟城管玩起了猫捉老鼠的游戏，也许眼观六路耳听八方的本事就是那时候练成的。

为了避免被老太太误认为是毛贼，李红丽赶紧招供："妈，是我，妞妞发烧了。"

这话一出口李红丽就后悔了，这是一次事先就被预言会闯祸的游泳，或者说，任性。李红丽的招供又一次证明老太太的睿智和自己的稚嫩。本来，李红丽的计划是给妞妞吃了退烧药以后，以送她上学为借口，一早带她去医院治疗，随后带到办公室去。妞妞才四岁，只有极其模糊的时间概念。能够去办公室看小猪佩奇，是她求之不得的事情。只要瞒过这几天，老太太便不会把妞妞的感冒跟这次意气用事的游泳联系上。即使有所怀疑，李红丽也会有理有据——您有什么理由证明感冒是游泳引起的呢？证据呢？在诡辩上，李红丽相当有自信，本科时期的逻辑学考试她是全系最高分。

老太太打开灯，雪亮的灯光让李红丽无处遁形，她的怄气倔强瞬间消弭。她赔着笑脸说："妈，妞妞发烧了，我给她找药，您老人家继续睡。"老太太的睡衣紧绷绷地缚在身上，像一个滑稽的米其林。节俭已经深入骨髓，不合身的衣服总是舍不得扔掉。她哼了一声说："我就说会感冒会发烧，你偏不听，这下好了……"李红丽决定保持沉默，用一言不发代替自己的检讨。老太太扭头往卧室走，黢黑的房间里传来她的惊呼："这么烫啊，不行不行，得去医院。"

挂急诊，找医生，皮试，扎针。妞妞照例哭了，把自己的小手缩在衣袖里，老太太按住腿，李红丽抓着手，拧小鸡一般把她细细的手腕拽出来，方便医生扎针。出门时慌张匆忙，李红丽还是没忘记带平板电脑。妞妞哭闹的时候打开小猪佩奇，转移她的注意力。老太太一直认为李红丽不操心，此时却见她安排如此妥当，不由对她投来赞许的目光。

抗生素打下去，孩子很快退烧。李红丽看看时间，早上九点，她还有相当充裕的时间开车回家，洗脸刷牙，像往常一样，不徐不疾地去学院参加学科评议会，仿佛昨夜的狼狈并不存在。

李红丽为自己逐渐掌控局面而小小自矜。

此刻，李红丽站在电梯口，车钥匙环在食指上。就在按下电梯那一刹那，李红丽忽然有些茫然——我的车停在哪了？

昨晚着急忙慌，一行三人，老的老小的小，顶着凛冽的寒风从小区步行十五分钟，到门口打车，显然不现实。于是李红丽选择了开车。实际上，她的车技并不好，属于拿证很久但实际操作能力一般的劣等生。平常情况下，她能不开车就不开车。但是危急关头，却不得不承担起这样的职责。没办法，这个家，没有男人，只能把女人当男人使。更确切地说，把李红丽当男人使，谁叫她是家里的顶梁柱呢！就像老太太所说，活该，都是你自找的。她一直对李红丽的离婚耿耿于怀。在她看来，老于不抽烟不喝酒不出轨，多么合适的结婚对象，你怎么就不能跟他白头到老呢？离婚前，老太太在电话里痛心疾首。后来李红丽不顾一切离婚了，老太太似乎被封住了嘴巴，再也不说什么。

我的车停在哪了？李红丽反复回忆。

昨晚太匆忙，夜色昏暗。她开着车来到小巷里的医院，直线距离没多远，但属于离了导航就摸不着门的范畴。看到医院大门时，李红丽松了一口气，开车时她手心捏出了一层又一层的汗。实际上，李红丽领取驾照的时间很早，比老于还早一个月呢。但是呢，在拿到驾照以后，所有人都对她说，你一个女人开什么车呀。他们苦口婆心，列举了女性开车造成的种种严重后果，用血淋淋、活生生的事实告诉她，你反应慢，胆子小，不记路，不可预料路上的男司机会处心积虑给女司机制造多少障碍，而女司机自己，又是多么畏首畏尾。老于名正言顺地获得了掌握方向盘的霸权，这个家前进的方向必须得到他的首肯。

李红丽看了看时间，九点十分。正常状况下，开车二十分钟就到家。她还有充裕的时间去寻找自己的车。她走到医院大门口,这里有给车预留的一进一出两条道。毋庸置疑,昨晚自己一定是沿着这条道开进医院的。车道在一块大石头前面戛然而止,在这里出现了左中右三条路,通往医院的犄角旮旯。

那么,我走的是哪条路呢?李红丽想。

冬天的太阳就像纸糊的一样,看起来很暖,实际上不带一点温度。从暖气房走私出来的热气被西北风几下就吹散了。这是一次蓄谋已久的降温,老太太早就提醒过,而李红丽疏忽了她的警示。她把找车这件事想得过于简单,以至于没戴帽子围巾手套三件套。最先倒霉的是脸,冷风像刀子一样削着,其次是手,继而全身处于冰窖之中。即使这样,李红丽也在心中暗自提醒,必须保持冷静,根据日常习惯的行动轨迹推测——我一定是往中间开的,我习惯开在中间。

李红丽沿着中间的道往里走,想用视线把属于自己的车挖出来。

很多医院都有专门的停车场,比如这个城市最著名的三甲医院,就有一个立体的车库。车子开进一个小房间,便有一套严密的机械流程把车子向上托举。

如此精密的程序需要付出代价，驾驶员必须把车子停得严丝合缝，不偏不倚地处于车位正中间。后视镜收回来，机器可是不长眼，削掉了后果自负。摁按钮的大爷这样警告。为了避免这套烦琐而惊心动魄的程序，李红丽选择了离家近的这个医院。

当妈四年，早就从当初遇事时的惊慌失措变成泰然自若。李红丽也成了半个育儿专家，甚至为身边的新手妈妈出主意，不要慌，先吃点药退烧。可是昨晚，她居然慌了，于是大费周章把妞妞送到医院。为什么要慌呢？李红丽反省自己。

我已经失去了丈夫，女儿就是我唯一的宝贝了，必须珍惜。

这个医院是离家最近的三甲。三甲和三甲不一样，三甲和三甲差距很大。这家三甲医院名气不大，私家车随意停在路边，管理者显然漫不经心。一大早开进来的车霸占了每一条缝隙每一个角落。李红丽用目光搜索，先看颜色，她的车是深灰色，浅色系的车首先被排除。这样一来工作量就小了很多。遇见相似的车，她就停下脚步，绕来绕去看它的车头车屁股。

一无所获。

起码中间这条路可以排除。她安慰自己。

李红丽看看时间,九点四十,幸好这家医院并不大,不至于耽误太多时间。突然想起,妞妞应该已经输完液了。按照计划,母亲应该带着妞妞在大门口等她了,这肯定是不行的。今天零下五度,妞妞别又着凉了。

李红丽赶紧给老太太打电话,我还没找到车,你们先回大厅等着,出发时跟你们联系。

她继续寻找。又回到那块大石头那儿,沿着右边的路搜索。这里通向医院的深处,住院部聚集在此。此时她才发现,这个不算知名的三甲竟然如此之大,往常的她只是在门诊部短暂停留过。看来,能成为三甲也绝非浪得虚名,起码硬件是完善的,焦灼的李红丽对此体会尤为深刻。一进去是住院一部,依次排列着二部和三部。这里的车子更多更杂。她像交警一样检阅着车辆。这时她突然恼怒起医院的管理者,为什么就不能上点心呢?为什么就不能像那家知名医院一样,建设一个立体车库呢?摁下按钮,哐哐几声,精心保管的车子就被机械手轻盈托下来。程序烦琐但是无须操心。就像大爷所说，把车停好把后视镜收回来就行了。

一个男人从住院二部快步走出来。他一出门就摁了一下车钥匙，门口的红色汽车欢快地"滴"了一声。他坐在驾驶座，熟练地系好安全带，发动车辆。车子轻微颤抖，是即将出发的激动，喷出了牛哄哄的热气，凝成白色水雾，向全世界宣告自己为主人服务的热情。一切准备妥当。门口等待的女人款款走下台阶，轻盈地打开车门。她带着粉色麂皮绒手套，显示出优雅和不慌不忙的心境。她有备而来，心里有数，知道门口有一辆整装待发的车正在守候。她安心踏实，有条不紊，甚至饶有兴致地在等待的那几分钟内涂抹了口红，把手机的屏幕当镜子照了照，理了理肩头的长发，轻轻晃一晃。

作为一个离婚的女人，李红丽见不得这一幕，这一切与她的孤单、忙乱、狼狈对比鲜明。她们是两个世界的人。

李红丽陷入了另一种思考，我为什么要离婚呢？

如果不离婚，我是不是也能跟眼前这个女人一样，有一个男人在车里安静地等我？但是，老于肯定不是那个对自己有耐心的男人。结婚几年，早已消磨了他们的激情，他们从磕磕绊绊到争论不休，再到不屑于争吵。

妞妞一岁多的时候，从双层床跌下来，老于开车带他们去医院缝针，一路上他的脸难看得像一块湿哒哒的烂抹布，到最后他闷闷地憋出一句话：你怎么不把妞妞看好点！这话让李红丽恼怒不已继而勃然大怒，虽然她的职业可以不坐班，但是仍然需要在家里写论文看文献，她不是一个二十四小时看管孩子的保姆。李红丽用尖锐的声音跟他争辩，双方陷入剧烈争吵。这似乎是他们最后一次争吵，此后连话都懒得多说了。

李红丽意识到，自己和老于不搭的根源在于三观不一致。老于是一个纯粹的直男，需要一个能够孝敬父母、伺候丈夫、看管孩子的贤妻良母，也许他当年选择李红丽，就是因为外界传闻大学老师不用坐班，工作轻松。而李红丽则向往在自己的专业领域，不说有所建树，也要小有成就。每一个读书读到博士的人，都是对自己有所期待，或者说有些狠的。老于无法理解为什么李红丽刚出月子，就拎着背奶包去外地参加学术会议。李红丽也不能理解老于为什么在家当甩手掌柜，所有事情都要自己操持。

他们看彼此都像一个怪物。

为了躲避李红丽，老于一年有360天都在外地出差，把家当成了旅店，时不时的电话像是两个生意人的商务会谈。家里怎么样，孩子怎么样，他养的鱼怎么样，唯独不问问李红丽怎么样。

离婚是李红丽提出来的。她知道，很多夫妻，穷其一生都是这样乏味煎熬，勉力维持一个较为体面的外在形象。起码婚姻是存续的，家庭是完整的。很多女人就是这样，在命运搭好的框架里涂抹一幅按部就班的画。李红丽在四十岁生日那天突然意识到，再往后也许是四十年的岁月里，自己都要把生命耗在这个男人身上，这太令人伤心了。她已经不幸福了五年，不能再不幸福四十年。

李红丽向老于提出离婚的时候，他脸上是不可思议的表情。他一直以为自己掌握了霸权，就像紧握着方向盘一样，是这个家的主宰。李红丽提出的离婚让他很没有面子。他完全想不到她竟然会有这样突兀的想法，就像坐在副驾驶位上的人竟然妄图跳车！同样感到不可思议的是李红丽的母亲,她反对的理由是——离了婚你怎么活?她现身说法,向李红丽倾诉了父亲早逝以后她遭受的苦楚。然而李红丽一意孤行,吃了秤砣一样铁了心肠。最后老太太顺从了李红丽,却一直耿耿于怀。很长一段时间老太太都这样抱怨:本来我是可以在老家打麻将跳广场舞的,年纪一大把了现在却要帮你带孩子。

大概,我的青春期来得特别晚吧,四十岁以后才任性和叛逆起来,似乎是在弥补年少时的遗憾。李红丽想。

此时,她站在台阶上,想从高处寻找自己的车。有些车来得早,安静地停在黄框里。有些车显然迟到了,就随便扔在巷道里。有一些性格缜密的主人,估计是在别处吸取了教训,把车停在隐蔽的角落,而更多的人,随随便便找个地方就停了。也许他们非常匆忙吧。来医院,有几个不是慌慌张张的,就像我们来到人间,满肚子不安狐疑。

一个肥胖的保安摇摇晃晃走过来。李红丽居高临下,他的一举一动都在她的眼里。他仔细检查,左手捏着一沓纸,可能是为大冷天不得不出门执勤而恼怒,一旦发现某些不听话的车,就怒气冲冲撕下不干胶,往驾驶座玻璃上贴,似乎不干胶贴是他的武器,要给敌人纹上醒目的刺青。内容非常体贴——亲,请将车辆停放在规定的位置,措辞温柔得像是一名无微不至的客服。但事实上,胶贴极为阴险,一旦粘上就非常难撕,用指甲盖抠,用水浸泡,再用牙刷使劲刷,也会留下黢黑的印记。看来,为了处罚乱停乱放的车辆真是处心积虑,专门用上最强劲的胶水。

胖保安大概以为李红丽在等人,几乎忽略了她的存在。李红丽心念一动,他一路过来,也许看见过我的车。

"请问您看见我的车了吗?"李红丽快步走向他。

他把目光收回,同时集聚的还有凭空而生的怒气。他换了一种眼神审视她,嘴巴抽搐一样咧开,表现出他的不耐烦。李红丽表情谦恭,压低嗓门说:"我忘了把车停在哪了,请问您见到了吗?一辆灰色的,大众,两个勾的标志。"她在空气中比画着。

胖保安也许被李红丽的谦卑感动,并没有干脆利落地否认,而是若有所思地抬起了右手。这个动作令李红丽大喜，以为这只神圣的手会为自己指明方向。这只右手却在中途转了一个弯，抠了抠鼻孔，在大腿上一边摩擦一边说："这……我哪记得，这么多的车。"

李红丽不死心，刨根问底道："很好认，车屁股上有一个黄色的车贴，是一个婴儿奶嘴。"

胖保安张大嘴巴，抬头望天，然后回过头来，茫然地看着她，这次很利索地回答："没见。"

李红丽不甘心地再次扫视，仍然一无所获。

现在唯一的希望，就是左边那条路了。

李红丽不习惯往左开。左转弯总是很麻烦，除了要打转向灯，还要变道以及超车。但即使徒劳无功，她也必须抓住最后一次希望。

她又回到大石头跟前，头也不回地向左走。这果然是一条陌生的路，她似乎从未涉足这里。零零散散有几处低矮的房子，看起来都上了年纪。七零八落晾晒的衣服告诉她，这里是家属区。她竟不知道这个医院还有家属区。这里的车相对有序，乖巧地停在黄框内，停在脏兮兮的楼房下。斑驳的门洞里，一个女人兴冲冲地出来。她一定不是病人，病人没有这么明亮健康的神态。多么美好的轻松和愉悦,她掏出车钥匙,轻轻地摁了一下。车子欢快地回应,奔赴它的使命。

每一辆车都有它的主人,每一位主人都能开着它奔赴目的地。啊,我的车啊,你究竟在哪?李红丽问自己。

细细密密的雪开始下了。李红丽在南方长大,下雪是一件稀罕事。孩子们想尽办法保留雪,储存雪,那些雪却调皮地玩起了捉迷藏。如果某一天早上,雪能够薄薄地积一层,就足以让人们激动一整天,挂在嘴上一整年。车顶最容易积雪。它们挂在车上,像给它披上了轻盈的婚纱。苍天为被大地为床,世界变得簇新而浪漫,山还是那座山,山又不是那座山。孩子们小心翼翼地把雪扫下来,一丝不苟地堆积一个理论上的雪人。结果当然是徒劳无功。后来李红丽到北方上学定居,才知道老天爷如此慷慨地把雪都留给了北方,给南方只有一点点念想。

而现在,她只是希望这场雪下得慢些,再慢些。

倒是不冷了,内心的焦急和身体的奔波让肾上腺素分泌加速,羽绒服里细细密密都是汗。李红丽拉开衣服，疾步快走。时间已经不够了，必须快点找到车。

胖保安又踱过来，他似乎发泄了怒气，完成了任务，一副无所事事的模样。一见到李红丽，他半眯着眼睛说："哟，还没找到啊？"

李红丽明白他的态度，那是一种看起来关心实际上嘲笑戏谑的神情。就像得知她离婚以后，身边人的嘘寒问暖，个个都说不要担心我给你介绍，有鼻子有眼的样子。其实呢，几乎没有下文。李红丽当然知道，大龄，单亲，女博士，带孩子，相貌普通，样样都是减分项。可是她管不住别人的嘴巴，她也过了在意别人看法的年纪。

她说："是啊，唉，真是的，要赶紧回去上班啊。"

胖保安眯缝的眼睛更细长了，对她表示惋惜说："不要急，好好想想，越急越找不到。"

看看时间，十点二十了。李红丽意识到，自己必须争分夺秒，妞妞估计已经不耐烦了，即使现在找到车，从发动到开出来，路上再稍微耽搁一会儿，会议就迟到了。她没工夫跟他寒暄，向他点头示意自己要走了。

胖保安不死心地说："你再找找啊，别着急，丢不了。"

他这样一说李红丽就更紧张了，难不成我的车被偷了？警匪片中的画面浮现在她眼前，一个鬼鬼祟祟的男子砸破车窗，进入车内，在方向盘下面准确地找到两根线，颤抖的双手摩擦几下，车子就被神不知鬼不觉地开出医院，汇入人海。

打住。李红丽晃了晃脑袋，这不是警匪片，这是法治社会，即使被偷也有监控。现在，自己的任务不是找到车，而是马上回去，以尽量平和的模样出现在同事面前。慌张是年轻人的特权，中年人必须随时随地保持云淡风轻。

掏出手机，她开始打车。雪花肆无忌惮地飘落，落在手机上瞬间便融化。被水打湿后，屏幕非常不灵便，越着急越输入失败。

好了，终于打上车了。幸好现在不是高峰期。李红丽赶紧给母亲打电话，通知她到大门口碰头。为了避免老太太的唠叨，李红丽首先表达了歉意，告诉她没有找到车，只能打车回去。老太太大惊道："车呢？"

李红丽小心翼翼地回应，既是向她保证又是自我安慰："丢不了的，到处都是监控。"老太太问："那车怎么办？""您别操心啦，先回家，下午我来找。"老太太的唠叨如约而至——"你看你……"李红丽耐心等待下文，心想被训一场是不可避免的。可是她突然噤声，把剩下的话咽了下去。

一想到下午还要过来一趟，李红丽就焦躁烦闷。麻烦倒是其次，关键是浪费时间。她每天的任务栏排得满满当当的——申请项目，结题，写论文，上课，还要随时关注学生的心理状况，避免他们因为毕业就业而过于焦虑。

想想真是悲哀，要照顾母亲的情绪、孩子的情绪、学生的情绪，谁来照顾自己的情绪？

擦了一把汗之后，李红丽赶紧跑向大门口。啊，现在，此刻，真是一寸光阴一寸金，她在心里暗暗祈祷，希望院长临时有事，会议稍微延迟。十分钟，只多十分钟就行了。她一边跑，一边用钥匙漫无目标地摁，期待自己的车能在最后关头奇迹般出现在面前，让她下午少跑一趟。

一声清脆的滴滴声。

那是对主人的轻声呼唤!

李红丽循声望去,啊,我的车,就停在与大石头平行的道沿上,被另一辆车挤在最里面,像是受尽委屈的童养媳。

电光火石间,她想起来了。昨晚摸黑开车,灯光昏暗,内心匆忙,稀里糊涂,慌慌张张,应该是把车开上了道沿,难怪还轻轻震动了一下。

李红丽赶紧取消网约车的订单,打开车门,迫不及待发动车辆。它轻轻呻吟,乖巧地被她驱使。她抚摸着方向盘,冰凉,坚硬。李红丽太喜欢手握方向盘掌控一切的感觉。这种感觉令她精神抖擞。

她轻轻扭了扭方向盘,车子敏捷地开出它临时的窝。看,没有人在旁边指手画脚大呼小叫,她同样能够把车开好。几秒钟以后,李红丽看到了母亲,确切地说是她的背影。她抱着妞妞,背对着李红丽,把孩子的脑袋藏在她并不宽阔的胸怀里。她迎着风雪站立,像是一名坚贞不屈的战士,花白的头发在寒风中飘来飘去,手里紧紧握着李红丽的围巾手套帽子。

她竟然舍不得为自己戴上。

李红丽的鼻子酸了。她必须克制自己的情绪。她像胖保安一样抠了抠鼻子，若无其事地驱车滑行到老太太身边。

李红丽笑着对老太太说："妈，您看，车子找到了。"

母女三人又坐在车里，温暖的车里。老太太絮絮叨叨："你这个马大哈，怎么还跟小时候一样，丢三落四的，都四十多的人啦，也不学着警醒点。"

妞妞在旁边学舌："妈妈就是个笨蛋，怪不得留过级……"

老太太笑着喝止："妞妞，不许这样说你妈啊，这些话只能姥姥说。"

妞妞噘着嘴巴："哼，姥姥不公平……"

李红丽和老太太仰头大笑。

顺利汇入车流。李红丽工作的地方，教学区和家属区隔了一座人行天桥。如果仅仅是开到教学区的话，就不用绕路，她就能节省十分钟。只是要辛苦老太太带着孩子，冒着风雪，步行通过天桥。李红丽向老太太诉说了自己的打算，她表示赞同和支持，说："没什么，孩子也需要锻炼一下，你上班重要。"

李红丽对后座的老太太充满感激,她永远想着我,护着我,其实……她蛮可爱的。

一切尽在掌握,不出意外的话,十分钟就能赶到办公室了。车子在马路上愉快地飞驰。李红丽手握方向盘,像是牵着缰绳,骑着骏马,在大草原上尽情驰骋。就在信马由缰之时,她发现走错道了。在巷口的红绿灯前,本来应该走左转的道,却走到了中间道。前面似乎说过,李红丽不习惯左转,总是下意识开到中间,最安全的中间。

左道是红灯,此刻已经挤满了车辆。

前面似乎又说过,李红丽反应慢胆子小,所以不敢变道不敢超车,前车停她也停,前车走她才走。在开车这方面,她表现出了一如既往的顺从。

她看了看仪表盘上的时间,十点四十了。留给自己的时间,已经很紧张了。

左道变成了绿灯,车辆慢吞吞地驶过。李红丽留在原地等待,左转的闪光灯急躁地闪烁,可是没有一辆车愿意让她加入他们的阵营。身后的车,不耐烦地拼命摁着喇叭。李红丽看着左道源源不断汇入的车辆,耳边是此起彼伏的催促声，越是着急越是手忙脚乱。

她额头的汗珠开始大滴大滴往下滑。
"左转，拐进去。"老太太大声说。
李红丽凝视着左边的后视镜，恰好来了一辆车，大概是注意到右车的左转灯，犹犹豫豫，一副想让又不想让的模样。李红丽瞅准这个缝隙，方向盘向左打满，左前轮汇入，方向盘右回，右前轮汇入。
跟着车流她慢慢向前，直到车子全部汇入左道。
她成功了！
老太太松了一口气。
李红丽望着左后视镜，难以相信她居然实现了一次变道。那辆车的车窗摇下，一个女人不甘心地探出脑袋。
原来她是女司机。
幸好她是女司机。

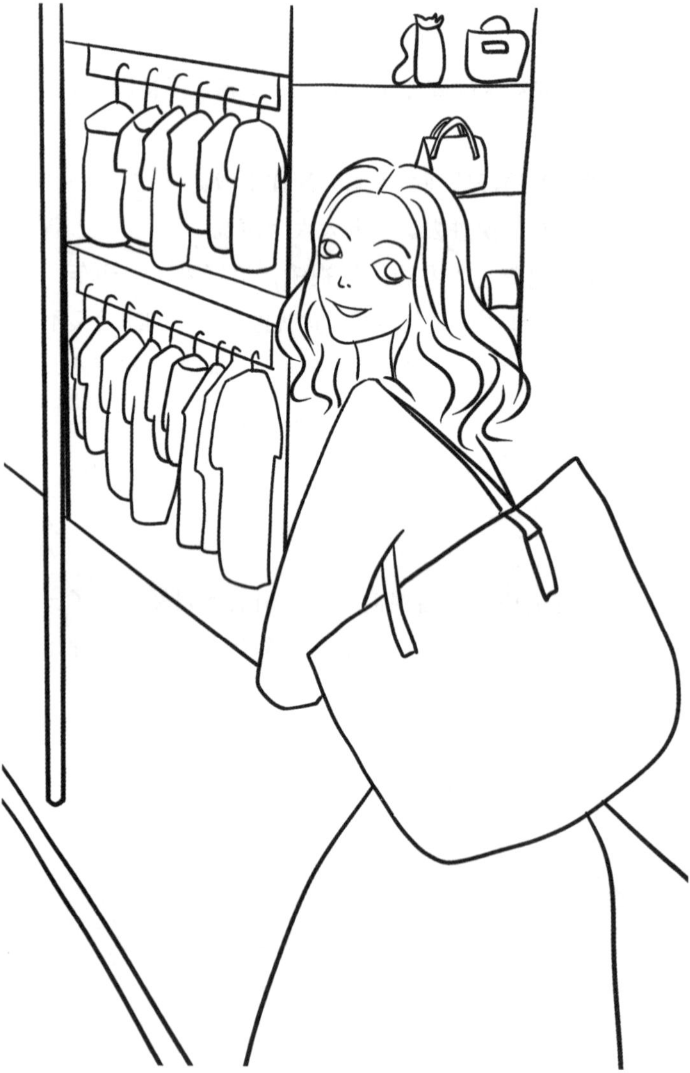

二胎

她明白，自己终究是要为面包而舍弃梦想的。她早已对命运低头，在既定的道路上匍匐前行，只希望命运能够回馈自己的顺从。

一

电话不屈不挠响起的时候,张秋影正躺在 B 超室的床上。生过一个孩子,对这些检查早就熟门熟路。帘子外等待的目光,再怎么遮掩,仍然一丝半缕射在她裸露的部位。她的内心泛不起一丝涟漪。一想起五年前怀头胎时的局促和忐忑,她甚至有些惭愧。生育原本就是把人还原成动物的过程,既然是动物,又何必遮遮掩掩?

"麻烦看仔细点。"她低声请求医生。

手机铃声是刚换的,图个吉利——麻麻,我爱你。萌萌的童音,跟医院的安静肃穆极为不搭。不知道是谁笑出声,引起了小范围的窃窃私语。

"有优势卵泡,回家准备吧。"屏幕前的医生下了最后结论。

张秋影冲出检查室的第一个动作,就是拿出手机——一个陌生号码。尖利清脆的声音七手八脚爬进耳朵:"秋影啊,猜猜我是谁?"

还没来得及回答,对方就自报家门:"是我啊。林雅芝啊!还记得吗?"

张秋影有些蒙。她停下脚步,在脑海里搜索这个名字。

"哎呀,隔壁宿舍的啦!"对方提醒道。

"哦哦哦……"张秋影口中应付着,脑子却一刻不停运转。初中开始住校,一直读到博士,二十多年的时光,辗转好几个城市。"隔壁宿舍"的同学太多,没有三千也有三百,这无异于大海捞针。

林……雅……芝?名字很独特,跟某位家喻户晓的女明星一字之差。顺着这条线索捕捉下去,有那么一点熟悉的感觉。终于,在记忆长河明暗交错的水草光影之间,抓住了那丝感觉。那是一位面容白皙、眼睛妩媚、睫毛团扇般扑棱扑棱的女孩,跟那位差不多名字的女明星一样，又高又瘦，追求者众多。后来好像本科毕业就回到老家，在一家报社当记者。记忆之门哐当打开，对方的形象顿时立体，呼之欲出。

为了弥补刚才的冷落，张秋影夸张地寒暄："哇，哇，哇，你在哪儿啊？最近怎么样？"

对方开门见山道："好久没联系啦，听说你在工大工作？我刚到海西，咱们一起聚聚，我现在就在大东，就是新开那个商场，咱们待会儿见。"

放下电话，张秋影有点蒙。一想到要马不停蹄，奔赴一场预计无聊的饭局，她略微不快。

她早就总结过，社交也分为学院派和江湖派，前者拘谨保守，只有和熟悉的人在一起才放得开。后者则是行云流水处处留香，说上三句话就能约饭局，十年不见，也和隔了一天一样熟络。在这方面，江湖派显然是占据支配地位的，他们的不拘小节甚至能给学院派造成内疚感，觉得自己怎么就看轻了情感，招待得不够热情。很显然，对方属于有备而来的江湖派，知道她单位就在那一片，估计逛得无聊，刚好又是饭点，随手拈了一个她来打秋风。

刚才为什么不拒绝呢？明明有各种推托的理由——忙，开会，出差了。只要用心去想，就没有找不出来的借口。何况，她是真的很忙啊，眼睛一睁开就有一堆的事情涌进来，自己的、学生的、家庭的，样样都得去操心。眼下，又多了一个生二胎的打算，更是忙上加忙。比如今天，早就被安排得妥妥当当，上午监测排卵，午休过后是写教学计划和培养方案。学院要上马一个新专业，各种材料是要提前准备的。

计划中循规蹈矩的一天，就这样被一个突然的电话打乱了。

现在，张秋影很清楚，林雅芝的邀请像是一个隐形的套索，终究会把她拉到餐厅桌边的。她早已知道结局，成年人的圆滑和青春的回忆，是支撑她请客的两枚砝码。

然而一场饭局，哪有那么简单。尤其是在张秋影的当下，发际线跟学历一样高，胶原蛋白像成果一样少，素颜出去社交，无异于影响市容报复社会。所以，一名成熟的中年妇女，得把自己的真实样貌层层包裹在眼霜、水乳、隔离、粉底后面，就像川剧里的变脸，一层又一层，试图骗过别人，更要瞒过自己，在社交距离内尽量体面，达到不妨碍别人的一般水平。

所以，刚才为什么就答应了呢？张秋影在内心懊悔和自责，学生时代，导师姜教授就曾提醒她，不要总是答应，要学会拒绝和平衡。毕业这么多年，自己也当导师带学生了，对于老师当年的一针见血，还是没有认真领悟，所以沉浸于一次又一次的后悔、反思和自责当中。现在，后悔是来不及了。总不可能把电话拨回去，告诉林雅芝，自己在这么几分钟时间内突然被通知要出差，或者临时有急事。那太假了。

张秋影走出医院，一道隐约的寒气裹上来。今年气温反常，连绵不断的秋雨下了整整一个星期，梧桐叶还来不及展示秋日的金黄，就被赶下了树枝，被摁住紧贴地面，服帖而乖顺。

去就去吧，她努力安慰自己。人到中年，对谁都不恼，恼了也没用。跟这位老同学也确实很多年没见，当年挤在一起追剧的热乎劲似乎又回来了。那股劲缓缓濡润开，身体也慢慢暖起来。她想，材料也不是着急要交，多年前的同学，该见还是要见的。现在不到十一点，还有点时间回去收拾。

就在匆忙往脸上扑粉的间隙，张秋影又仔细从记忆的碎片里搜刮了一下，还能想出林雅芝的什么往事呢？楼下有人摆蜡烛示爱，开窗扔热水瓶的，是她吧？毕业后不久，参加了一档本省的相亲节目，似乎，也是她吧？

她想起来，大概是本科毕业五六年的时候，校友群转发了一则消息，是某个不太火热的电视台跟风开设的相亲节目。怀着"居然也有认识的人参加相亲节目"这种新奇感，张秋影点开链接看过几集。24位女嘉宾画着爹妈都认不出来的大浓妆款款上台，居高临下地俯视到场的男嘉宾。那时候张秋影博士还没有毕业，尚处于痛不欲生的论文写作阶段，灰头土脸地在图书馆、食堂、宿舍之间穿梭。那档节目她没有耐心追下去，最后放弃了。一来是实在没时间；二来，台上的林雅芝让她暗自垂泪——都是一个澡堂子泡过的同学，人家都在台上对男人挑挑拣拣了，自己却还在校园里蓬头垢面，等候某个男人的爱怜。这种反差，太过残忍。

把林雅芝的一个个侧面拼凑起来，张秋影顿时就少了很多陌生感，简直是迫不及待想去问问，上了电视的后续是什么。就像戛然而止的一场电影，总想刨根问底，知道人物的结局。

二

约好的吃饭地方，是一家网红餐厅。几乎所有来到这座城市的人都会打卡这家饭店，叫几个新奇的菜，拍几条视频，发一条朋友圈或者抖音，代表自己也跟风来过。

今天这顿饭，张秋影是东道主，必须早到。所以在奋力蹬着共享单车的时候，张秋影的内心是崩溃的。迟到几乎在所难免。即将面对一个追求者众多且上过相亲节目的同龄人，张秋影在梳妆打扮的时候，不由得产生一种跟往常不一样的态度——更加慎重，更加仔细，粉底擦得更重了一些，眉毛画得更认真了一些。毕竟对方是经历过高级化妆师的，是迎接过观众苛刻眼光的。起码，气势上不能输。

气喘吁吁地把自行车停在商场楼下的时候，张秋影收到了微信，靠窗的那个座，我已经到了。

张秋影心中哀嚎，高跟鞋急切又体面地敲打地板，出了电梯，四下寻找。

拼凑出的印象在这一刻找到了原型。那人背门而坐，细长的腰肢和披散的黑发还是当年的模样。仅看一个背影张秋影就能判断，林雅芝肯定没有生过孩子。生过孩子的女人，气质是不一样的。

张秋影更加好奇。她走上去热情地拍了一下对方的肩膀："哎呀不好意思，我来晚了。"

林雅芝略微抬头，睁着大眼睛打了个招呼，就又把视线收回到了手机上，手指戳动着。"不好意思啊，约个朋友，待会儿见面。"她说。

大概是察觉到张秋影的不快，又或者微信那头的人暂时中止了聊天。林雅芝终于放下手机。

这显然是托词，张秋影当然不会相信这么蹩脚的理由。然而理智提醒她，区区小事，不至于怄气。她迟到在先，双方也算扯平了。

两人互相谦让，最终还是林雅芝点菜。"想吃什么，随便点,你大老远来,吃个稀奇。"张秋影慷慨地说。这家网红餐厅,她陪着各路同学、朋友来过无数次,都是客客气气,点几个网红菜,再点几个大众菜,既能拍照,又能果腹,好看好吃,有面子也有里子。

点菜间隙,张秋影这才有机会好好打量一下林雅芝。一米七的个头,当年就不到一百斤,现在估计仍然是。戴着鸭舌帽,巴掌大的小脸藏在帽檐下面,但仍然掩盖不了那双灵动妩媚的眼睛。上身一件长毛衣,大约穿着短裤,反正没露出一点点裤边。

张秋影突然想起,前不久实验室的那个没把心思放在学习上的女学生也是这么穿的,被她逮住机会严肃批评。小姑娘委委屈屈,嘟嘟囔囔,辩称这是最新的潮流,叫作下身失踪。她知道小姑娘心里一定恨透了她这个不懂时尚的导师。

眼下,林雅芝露出来的腿纤细修长,不知道是不是也跟那个小姑娘一样,穿了光腿神器,既不怕冷,也不显粗。紧身毛衣的包裹下,找不出一点赘肉。这都多少岁的人了,时间仿佛对她格外开恩,甚至比二十多岁时更加洋气,更加时尚,更加有女人味。

一样的年纪，人家就保养得当，岁月不留痕。这么一想张秋影就有点自卑了。源于女人敏锐的洞察力，杂糅了女博士的逻辑分析，她像一流的侦探一样观察推理，几乎可以断定自己第一印象的准确性，眼前这位老同学，不光没有孩子，还没有结婚。这源于那双细手——不光涂了蔻丹，还浓墨重彩地镶了水钻。这是长期养尊处优的一双手，肯定不属于劳动人民。

店里客流量很大，周围的人来来往往，时不时有一些视线如芒般刺来，热辣辣的，隔着座位后背都能感受到滚烫的温度。当然不是针对她的，课堂之外，她从未享受过这种关注度。

美丽，向来能够制造一种威慑，形成一种畏惧。林雅芝就是那颗耀眼的太阳，绚烂夺目，让近处的人黯然失色。背后火辣辣的温度令张秋影不好意思，又想了想自己的一身装扮，唉，虽然画了个淡妆，但是技术有限，眉毛肯定是僵硬的，腮红绝对没搽对地方，更重要的是，长期在学校待着，身上那种束手束脚的书呆子气是怎么都洗不掉的，还有鼻梁上那副黑框眼镜，处处都是与环境的不相协调。她转念一想，别人是怎么看待自己的？作为陪衬的自己是不是成了别人比较和嘲讽的对象？那些四下打量的人会怎么想？这样一个平凡普通的女人怎么会和那位佳人坐在一起呢？他们会不会以为我是她的姨或者姑？或者，是乡下来的亲戚？

张秋影不由得有些自惭形秽了。她知道，自己相貌上没有什么出众之处，身材上也乏善可陈，个头不高，长相一般，这样的女人走在大街上，不会引起任何人的关注，没有任何杀伤力，所以人畜无害，童叟无欺，先天具备亲和力，是一种令人既放心又遗憾的长相。当年就是一个普普通通的女学生，最朴素的着装，最平凡的姿色。终于，毫无悬念地，长成了一名平平无奇的中年妇女。

三

有什么不对？

张秋影又张望了一下。是的，林雅芝竟然还在点菜！她伸长脖子，只看到林雅芝握着铅笔的手在不断勾选。刚才那点悸动和荡漾无影无踪，取而代之的是不安。

不知过了多久，林雅芝长舒一口气："唉，最怕点菜了，烦人。"她把菜单递给张秋影："喏，亲爱的，你看看，还想来点啥？"

菜单上，各种网红菜勾了个遍，专门选的是大份。剩下的就是新派菜，什么葫芦鸡、芳香排骨、小酥肉、豆皮涮牛肚、烤肉筋，什么贵就来什么，还有主食，肉夹馍、臊子面，也不知道她有多大个肚子。最后，没忘了来点零嘴，醪糟冰激凌、桂花酿枣沫糊。都是新奇的，贵的。

张秋影不动声色地深呼吸几下，用刻意平和的语气说："就咱俩，有点多吧，要不先点几个，不够再加？"

她直视着对方，希望自己的眼神能够告诉林雅芝，浪费可耻，节约光荣。

对方根本没看她，扬起菜单，一边呼唤服务员一边说："不多不多，都尝尝嘛。"

菜，一盘盘端上来，五彩缤纷，蔚为壮观，红的绿的紫的，冰的凉的热的，挤满了桌子的边边角角。

张秋影无语又无奈。客人要点，主人总不能拒绝。

她又偷偷瞄了瞄林雅芝。眼前这个女人真是奇怪，不打招呼就约会，不由分说便点菜，也不看看熟不熟，妥不妥，不知道她究竟有几个胃，能够装下这满桌的菜。看，她居然大模大样开始吃了，也不寒暄几句，碰碰杯。就那么大刺刺地夹夹这个，挑挑那个，朱唇轻启，送入口中。

妃子笑端上来了，这道菜素来能让人眼前一亮。虾球做的荔枝在烟雾缭绕下若隐若现，令人垂涎欲滴。林雅芝惊叹不已，掏出手机又拍又录。

张秋影实在提不起兴致，她左手托腮，默默思考，也不是请不起，就是让人不舒服，像是一块鱼刺卡在喉咙里，咽也不是，不咽也不是。这顿饭超过了她接待普通朋友的标准。眼前这人，还当自己是小姑娘呢，这么不谙世事？这么……低情商？

她为刚才连正眼都不敢看她而羞愧，恨自己的懦弱。这些年大场面也经历过不少，也是参加过各种高端学术活动，蹬着高跟鞋侃侃而谈，跟行业大咖合过影的人了，怎么还活在当年，为样貌而自卑，以为长得好看就是仙女。有什么不敢看的，还不就是一个占便宜的俗人，当我是无足轻重的冤大头。

依照她好为人师的职业习惯，如果是她的学生，早就训诫一番了，从态度讲起，发散到道德，引申到做事与做人的关系，乃至预测未来的人生走向，可以口若悬河，滔滔不绝论述一个上午，末了再来一个意味深长的眼神，让学生辗转反侧，夜不能寐，在灵魂深处进行检讨。

但是现在她面对的是一个女人，一个好看的女人，一个跟自己同龄的好看的女人，如同长辈一般的训诫就有些说不出口。但是，心头的那一股子恶气，总是要像报废的自行车轮胎一样宣泄出来的。再次看向林雅芝的时候，眼神里就多了一些肆无忌惮。她要剖开层层包裹，挑出对方的一些瑕疵——捏着筷子的手指甲，红是红，水钻还是斑驳了。帽檐下的头发，有几缕不怎么服帖顺滑。尤其是脖子，还是悄悄爬上了几条颈纹，很显然主人粗心大意，或者经济不够宽裕，没有给予足够的关注。张秋影在心里舒了一口气，像是闷热的教室开了一扇窗，清风拂面。女神终究会回到凡间，成为一个普通女人。

"吃呀，都尝尝。"张秋影招呼道。

林雅芝端起碗，尝了一口枣沫糊，"哎呀，好喝，好喝。"再咬一口肉夹馍，"外酥内香，比当年咱们学校食堂二楼那家好吃多了。"她眉飞色舞，筷子飞动，浅尝辄止，如美食家般品鉴一番。

每道菜都尝过之后，林雅芝的速度明显放慢，专心对付几样最对胃口的菜。两人开始寒暄，无非就是现在在哪里工作啊、孩子几岁啊之类的话题。

"我没在老家那家报社了，现在，我在北京呢。"林雅芝说。

张秋影有些诧异。她依稀记得林雅芝家境普通，不过就是普通市民的水准。北京，房价多贵啊。她待在那里，又没了工作，吃喝拉撒怎么办？光是租房就是一笔不小的开销。

"准确地说，是停薪留职。"林雅芝拿起一串涮毛肚，在盘子里微微一抹，芝麻酱滴滴答答。她脖子伸长，嘬着嘴，天鹅一般小心翼翼地吃着。

"那你在北京……做哪一行？"张秋影按捺住自己喷薄而出的吃惊，语气平淡地问。

"影视资源对接。你知道啊,北京,这种活特别多。在老家吧,是挺好,吃住都在家里,省钱。但是,小地方,见识确实有限,我又是跑民生的记者,不出一年,那旮旯都被我跑遍了,全市的人我几乎都认全了,那有啥意思,老了在那做标本啊?刚好认识几个哥哥姐姐,在北京做影视,给我一些资源。"

毛肚已经下肚,只剩一根细长的竹签,被优雅地拈在林雅芝白生生的指间。

张秋影点点头,心里有些复杂。影视资源对接,她不太了解,但是光听名字,这是一份跟人打交道的工作,需要不停地打电话,不断地游走于各路人马之间,俯下身子,扎进圈子,来往酒局,笑脸迎人。

林雅芝的境况,或许并不像她笑容所展示的那样美好和光鲜。

"那你父母也同意了吗?"

"开始肯定反对呗。在我的坚持下,终于同意了。你知道,搞影视,是我的梦想。"林雅芝说。

张秋影想起,上大学那会儿,林雅芝就断断续续参加过一些电视节目,是校园里的小明星。每晚八点,林母的电话就会准时追来。张秋影是见过林雅芝接电话的姿态的——斜靠着暖气片,一只脚百无聊赖踢着柜门,娇嗔地应付着母亲的电话,大约是想要下楼去赴约,所以嘴里不断地说:"哎呀哎呀……好了好了……挂了挂了……"

这种被全家人捧在手心、众星捧月的独生子女待遇,张秋影是从未享受过的。她的脑海兀自翻腾不息。辞职?她也无数次想过辞职。是的,在一个个熬夜写论文,捻断数根头发的夜晚,她无数次后悔,为什么要一路读下来,把自己越读越狭隘,狭隘到没有一个"小庙"能够装下一尊"大佛",最后不得不把自己装到塔里面。她的梦想是当一名作家。这说出来有点可笑,一个教建筑的老师,与风花雪月毫无关系的理工博士,竟然怀揣文青的梦想。她知道,作家在现在算不得是一个职业,只听过谁谁是教师,谁谁是公务员,没听过谁谁是一个作家。

小时候,作文总是被老师当作范文朗读,文理分科的时候,明明选了文科,父亲说,文科不好找工作,硬着头皮来到了理科班。本科毕业的时候,工作不好找,于是直博,无所谓热爱不热爱,而是没得选。本以为工作以后会略微轻松,没想到压力倍增,事业、家庭样样都疲于奔命，累得半死。她明白，自己终究是要为面包而舍弃梦想的。她早已对命运低头，在既定的道路上匍匐前行，只希望命运能够回馈自己的顺从。

林雅芝伸出纤纤玉手，用调羹轻轻搅拌着枣沫糊，睫毛低垂，鼻梁挺直，是我见犹怜的生动。

"没结婚吧？"张秋影打破了短暂的冷场。

"嗯？"林雅芝忽然惊醒一般，别过脑袋东张西望了几下，随口道，"还没有呢，没遇到合适的。"

"我记得，你参加过相亲节目啊。好像，还牵手成功了。哎，你跟那男的最后怎么样啊？没成？"

"嘿！"林雅芝发出含混的嘲笑，"都是假的啦。朋友在电视台当编导，找不到女嘉宾，让我去救急。我参加了几期，都是有台本的啦。跟谁牵手，导演组说了算。"

林雅芝翘着兰花指，捏起木片，挑起醪糟冰激凌往嘴里送。这会儿，她似乎才预热好了，打开话匣子，滔滔不绝地讲起影视圈一些离奇的八卦。谁谁谁两口子，别看在台前恩爱得很，私底下都是各玩各的。谁谁谁是当红小生，人品极差，经常在背后骂接机的粉丝傻缺。谁谁谁看上去道貌岸然，其实私生活一塌糊涂……

张秋影对娱乐圈的事毫无兴趣，倒是觉得，如果今天带了那几个热衷八卦的学生来，估计会兴奋地哇哇乱叫。那么，她居然也不着急吗？生孩子，是有年龄要求的。

张秋影好为人师的老毛病又犯了。她觉得有必要提醒一下这位老同学。

"你知道，早上你打电话过来那会儿，我在干啥不？我正在监测排卵，免得白费功夫。唉，我最近正在备孕，二胎。真是难啊，努力了半年，一无所获。"张秋影自嘲，"没办法呀，要跟时间赛跑，跟衰老斗争。今年得怀上，明年生下来，才不影响后年出国，现在高校压力大，要评教授，得有出国访学经历。"说到这里她有些不好意思："雅芝，咱俩同龄，都三十八了，女人呀，生孩子是一道关卡，年龄大了，怀个孕都难。唉，雅芝，听我的，赶紧找个男人，嫁了吧。"

这番话都是过来人的真心话，说得掏心窝子，是同学情谊的驱使。张秋影揣测，林雅芝，应该能够体会到她的良苦用心吧。

林雅芝突然静默了。张秋影的心咯噔一下。该不会是误会了吧？她可以对天发誓，绝对没有半点嘲讽的意思。

"二胎？秋影，你都准备生二胎啦？"林雅芝一脸诧异，"我身边的人，连一个都不想生呢。说实话，我还没做好生孩子甚至结婚的准备。"她继续慢悠悠地说："就是觉得吧，人生苦短，我这一辈子还没活明白，干吗要舍弃自由，把一辈子搭进琐碎和家务当中。尤其是带孩子，简直是噩梦，身材走样，乳房下垂，肚皮松松垮垮，彻底成为黄脸婆，围着灶台子转。小时候要熬夜喂奶，长大了要辅导作业，还要操心他们的学习、工作、婚姻，这一切，太无趣了。"

张秋影张口结舌。原来，她一直以来自诩的幸福，在另一类人眼里是这么不堪。

"那你打算什么时候结婚，以后老了怎么办？"她忍不住问。

"老了以后？"林雅芝眉毛微微一蹙，好看的睫毛扑闪了几下，旋即又开心起来，"嗨！没想那么多，只是现在不想结婚而已,没准哪天遇到个投缘的帅哥，立马就去领证了呢！再说了，现在还有一种女的，偷偷怀孕，然后自己把娃养大。退一万步，不是还有养老院吗？可有意思了，大家在一起，打牌，跳广场舞，有人做饭，有人查体，有人洗衣，有人打扫卫生，比待在家里舒服多了。"

四

张秋影的话，像是被拉闸断电，竟然一下被掐断了。她不愿承认，但心底的感觉又告诉她，林雅芝说的也有道理。

"嗨！这里！"林雅芝突然跳起来，挥了挥手。张秋影疑惑地向后看，一个高大的身影远远地冲她们打招呼。

"介绍一下，这是我的朋友，法国人，里昂。"林雅芝拉着男人坐下。

"噢，亲爱的，你跟视频里一样漂亮，哦，不不不，视频不能比，原谅我的词汇匮乏。"法国人的普通话不错，满眼星星地望着林雅芝，像欣赏一件艺术品。

眼前这个男人，张秋影怎么看都觉得有点眼熟。

林雅芝冲张秋影斜眼一笑："对了，秋影，里昂也在工大工作。"

张秋影突然想起来，里昂，外语学院去年招来的法语老师。似乎，一来就有几桩风流韵事，在工大传得沸沸扬扬。这些，林雅芝知道吗？要不要把这些事告诉她？法国人在场，当面说肯定不好，要不，发个微信？

对面的两人，紧紧依偎，旁若无人，四目相对，微笑甜蜜。初次见面，却犹如相交多年。

张秋影突然什么都不想说，什么也不想做。她把掏出来的手机悄悄放在桌上，假装看看时间。

林雅芝也看看手表："妈呀，一点半了，这顿饭吃得可真够长的。"她起身，冲张秋影夸张地摆摆手："不好意思，亲爱的，我刚才跟里昂约好了去博物院看一个展览，两点开始，我们得赶紧出发了。"

刚踏出去，她又掉回头："亲爱的，账你不用管了，我来的时候就把账结了。好久没见，我也没带啥礼物，请你吃顿饭，不要客气哦。"

目送二人款款离去，张秋影产生了一种奇异的感觉，幻灭、疏离、陌生？周围的人声越来越寥落，内心的思潮却越来越澎湃。

真是没想到，一顿饭，让她见识了另一个世界。

为什么，还有一点羡慕？

她突然觉得委屈极了，一直在奔跑，从来没有歇过。开始是为了学位，后来是职称，然后是孩子，总之是为了所谓的成功和幸福。说不清到底是恐惧、焦虑、要强，还是欲望，生命中不断出现一个又一个新目标，所以永远都停不下脚步，跑呀，跑呀，跑……好像，从来都没有问过自己，到底想要什么；也从来没有反思过，是在追逐什么。

那么，从现在开始改变吧，张秋影想。好不容易把悠悠拉扯到五岁，白天工作，晚上带孩子，有多久没有休息了？如果来个二胎，号角再次吹响，又套上了一道枷锁，何苦呢？还是算了吧，休息一下，放慢脚步，享受生活，多好。

这样一想，一切都变得清晰明朗起来。一上午的疲惫一扫而空，长久以来的压力无影无踪。她似乎获得新生，重新打量这个世界。

商场离得很近，却很少进来逛。在她的人生字典里，逛街是奢侈，买衣服是凑合。现在，她心意已决，要把余生的精力和时间都用在取悦自己上。她相信，把自己倒腾得好看，其难度远远低于解一道方程，或者申请一个项目。熟悉的商场变得陌生而新奇，她不再是过客，或是旁观者。曾经遥不可及的衣服似乎在召唤她，她甚至开始想象自己穿上它们的样子。

张秋影先是去了女装区，导购殷勤地拥上来。换作以前，她肯定落荒而逃，她受不了那种虚伪的热情和赞美，理性告诉她，这一切只是为了钱包。今天不一样了，她怀着一定要把钱花出去的心态而来，于是心安理得地接受服务。她试了一件又一件，似乎要把这些年错过的衣服都穿回来。

在彩妆区，她又待了很久。才发现，那些耳熟能详的大牌，也不是买不起嘛，竟然从来没有想过拥有。这么多年，怎么想的，怎么就不能对自己好一点？她两颊发红，为自己而羞愧。

提着大包小包，不知不觉，顺道走到了童装区。她太熟悉这里了，无数次等待上菜的时候，她领着悠悠过来采购。此刻，腿就像老马的蹄子一样，带着她又走到曾经去过的地方。不错,今天小熊的童装三折,太实惠了,太划算了!她又一次自责,怎么没有先逛童装区呢,把时间节约下来,可以慢慢挑,细细选。

她把战利品存在柜台,迫不及待扑向花车。脚下一团软绵绵的东西,碰到了她的腿。她转过头,小东西摇摇晃晃,是个胖乎乎的小女孩,刚学会走路的样子,一屁股坐在地上,吓得张开大嘴,眼看就要哭了。

张秋影急忙蹲下,伸出双手,想要抱一抱,安慰安慰。一个小男孩利索地蹿过来,抢在她前头,从后面拦腰抱起小女孩,在她的脸颊上亲了一口,嘴里喊:"妹妹不哭,不疼,不疼。"

"这是我妹妹。"小男孩歪着脑袋,得意而又警惕地说。

砰的一声,张秋影像个气球被扎爆了。方才那种虚张声势的自由和自我都被击碎了,她被打回了原形。有什么东西,棉花糖一样蔓延开来。心里,像是打开了装满蜂蜜的木桶,甜甜的,腻腻的,软软的,暖暖的。

如果悠悠有个弟弟，或者妹妹，两个小家伙，是不是也像眼前这俩孩子一样可爱？

张秋影的脚步犹豫了……

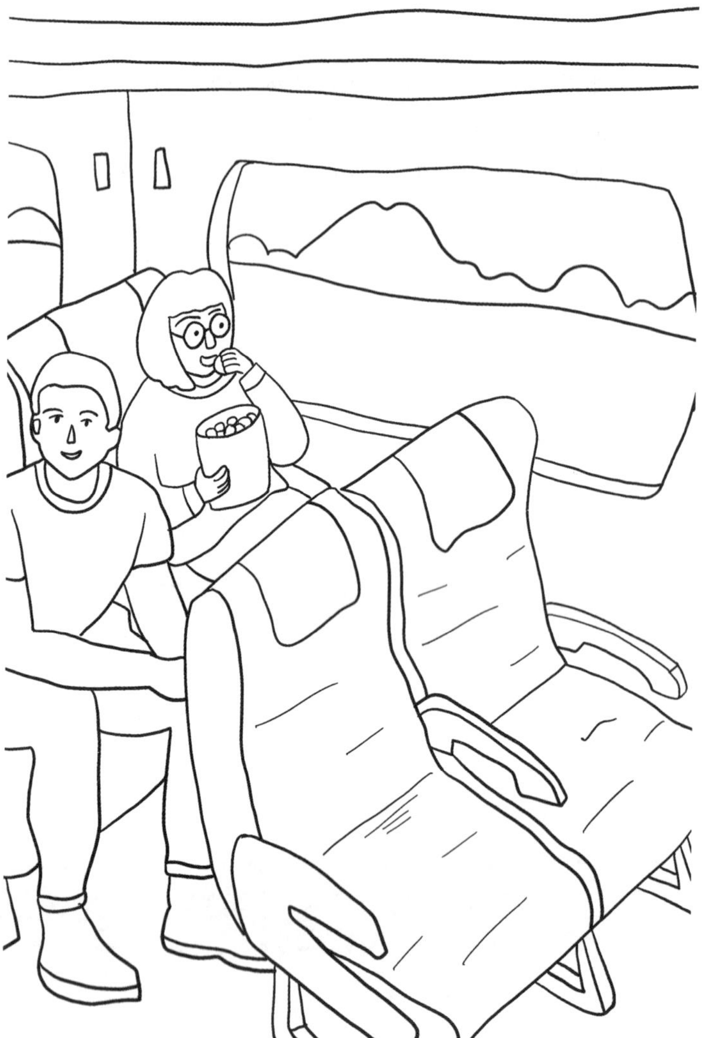

拉票

为了生计,不得不抛弃知识分子的矜持,转发朋友圈的时候,她有某种悲壮和屈辱。纵然如此,她仍然心存不甘,只想不露声色又含蓄内敛地达到目的。

一

"各位旅客朋友大家好，我是G4321次列车乘务员，欢迎乘坐G4321次列车，本次列车由B市开往X市……"伴随温柔的女声，高铁缓慢驶出站台。高大的穹顶渐行渐远，拐了个弯，消失不见。桥下的树木迈进加速度，连成一条弯弯曲曲的线。

那个男人，一直在看她。源于女人的直觉，林宝珠敏锐地捕捉到。男人坐在她的右边，靠窗的位置。那时，她手提皮箱，站在座椅上，卖力地想把箱子塞进行李架。她的实际身高多少？一米五几吧？她自己也忘记了,每次测量都不一样,索性就不管。反正肯定不够一米六,虽然简历上欲盖弥彰,写着一个虚伪的数字。本科毕业去找工作,面试官目光苛刻,似乎她是一匹待价而沽的小马。她胆战心惊,等待真相的揭露。面试官终于对她表示了怀疑,随即从身高推演到了人品,慷慨激昂:"你到底有没有一米六?"面试官上下扫视着,"我就是一米六,你肯定没有,你为什么要骗人,你人品有问题。"她垂着头,似乎犯了一个不可饶恕的错误。

行李架出卖了林宝珠的真实身高。她站在座椅上,踮起脚扬起手,箱子在指尖晃晃悠悠。男人站起来,帮她把箱子放进去,像是抛掷一个轻巧的篮球。林宝珠报以习惯的微笑,说了无数个感谢,内心蹿出了一行字:"随着社会的进步,男性也表现得越来越有素质。"这是一个不错的论文开头,也是一段常见的汉译英试题。她早就习惯把一切都以学术性的话语代替,或许这叫作"学术体"?

二

　　林宝珠坐的是二等座。按照她的职称、级别，只能报销二等座，只能选择二等座。二等座，是最普通的蓝色，这世上一切朴素大方的事物，都用蓝色作为包装或者衬托，比如蓝色工作服、蓝色窗帘。就连会场发的文件袋，也是蓝色。

　　她紧捏手机，焦急万分。

　　男人的注视，无暇顾及。

　　前天，林宝珠坐在从X市前往B市的高铁上，学院教学秘书发来一条链接，配上留言："林老师，恭喜您入围决赛，需要网上投票，快快拉票吧。""最受本科生欢迎的十位老师开始投票啦"，她点开链接，从中找到自己。一张全身照，配上五天前自撰的推荐语："在课堂上，循循善诱，将晦涩的专业理论化为引人入胜的精神给养；在科研中，启人心智，为学生们在风雨兼程的科研路上保驾护航；在生活里，春风化雨，坚定地秉承着'恭宽信敏惠'的德行与修养。"面对自我表扬和屏幕上严重失真的美颜，她有些恍惚，不由得捂住手机。

四处转发在所难免。一想到要祈求那些认识或不认识、熟悉或不熟悉、平素有过节或无过节的人给自己投上宝贵的一票，她的脸禁不住红到了耳根。可是又能怎样呢？这几年学校评职称的要求节节拔高，套用从电影里提取出来的一句话，叫作"一个都不能少"。非要把原来的偏科变成德智体美劳全面发展，木桶的每一块板子整整齐齐，像章丘大葱一样挺拔好看。林宝珠无法选择，再羞再臊都得把拉票进行到底。

勉勉强强博士毕业的时候，林宝珠不得不承认，自己只是一个普通人，对科研毫无天分，只是凭着一股子心劲勉力坚持。当然，这里的普通，并不是广义的普通，而是科研圈狭义的普通。林宝珠深刻认识到，自己只是学术这个菜园子里一枚小小青椒，是广阔科研天地中一只弱弱菜鸟。好不容易读到博士，学历上的终点，漫长学海的尽头，仅仅两篇小论文，就耗尽了她所有的心血和精力，终于毕业，终于成为战士中的圣斗士，终于如释重负。自那以后，她突然沧桑起来，年轻时候的不甘示弱、轰轰烈烈，变成了风轻云淡、低吟浅唱。这世上很多事情都是这样，得不到的时候，总想得到；得到的时候，又不过尔尔。

坐在高铁靠窗的位置，林宝珠回忆和梳理自己挥手告别的三十五年。飞驰的楼房、树木、庄稼、良田以每小时三百公里的速度撞向她，又像一枚枚邮票飞快地离她而去。关于过去的回忆在脑海中斑驳闪现。在会场上，她度过了自己身份证上三十五岁的生日，这是一个可怕的数字，自己都不敢面对。同样都是三字头，三十二、三十三和三十四，尚且可以自欺欺人地四舍五入，退回三十。而三十五，任你如何掩耳盗铃，都改变不了迅速走向衰老奔赴四十的事实。

青年项目以三十五岁为界，高龄产妇以三十五岁来划分，各种求职招聘也都卡在三十五岁……种种都在警告你，这个数字是求职生育评职称最后的优待，过了这个村，就再也享受不了任何年龄上的便利。二十多岁的时候，谁都体会不到这种焦虑和无助，一切离自己还那么遥远，该玩儿就玩儿，该恋爱就恋爱，还有大把试错和浪费的机会。回过头再看，其实并不遥远啊，稍微放纵和姑息一下，岁月就撑着时光的小船，呼啦啦划走了。当年怎么就荒废那么多时光，走了那么多的弯路呢？

比如说读博，为什么就那么不开窍，那篇重要的论文，拖了一年半才发出来，大论文得了一个C，又延期了一年。

比如说结婚，怎么就要一意孤行，非要赌气显示自己的坚强独立，不追随师兄出国呢？有时候一个不起眼的选择，都会改变一个人的一生，决定你的事业、你的家庭、你的社会地位。

唉，有些人天生就会精打细算，比如刘美阳，居然乘虚而入，抢走师兄。林宝珠这边还在等待师兄回心转意，那边两人早就莺歌燕舞了。最后，刘美阳还作为家属，追随师兄，被安排到了那个南方学校，两口子双宿双飞。一想到这事，她就咬牙切齿，再一想到是刘美阳捡了这个大便宜，更加悲痛欲绝。那么不思进取的一个人，本科毕业就辗转各个公司，也没有什么过人之处，可人家就是通过她这条线认识了博士师兄，牢牢抱住了师兄的大腿，如今也是多少学生仰望的"师母"了啊。

林宝珠越想越气,这世界总有那么多不公平。就拿时间来说吧,你说它公平吧,当然公平,对任何人都铁面无私,绝不多走或者少走一分一秒。你说它不公平吧,它当然不公平,有的人就能按期博士毕业,有的人就要拖个十年八年,灰溜溜地把自己耗成大龄青年,哦不,中年。时间对于女人尤其残忍,从二十五岁毕业到三十五岁,人生最美好的十年时光,要完成毕业、恋爱、结婚、生育、求职。每一个词语说出来都是铿锵有力,力透纸背,重若泰山,都代表了一定的难度和无可奈何。有些事情注定是无法靠一己之力完成的,那么这样的事情就是最难的。

求人办事,总是不好意思,不知道竞争对手的票数是多少,不知道自己需要的票数是多少,总得几百上千吧。这就意味着需要央求几百上千号人去点击。早知道自己也会有这样求人办事的一天,必然未雨绸缪,提前谋篇布局。林宝珠为自己曾经的短视而悲伤。平日里,她在朋友圈和各种群里看到别人的拉票,总是不屑一顾。多么厚脸皮的人才会讨要一个点击、一张票啊，真能拉下脸。她从来不去点击别人的拉票链接，多我一票不多，少我一票不少。这是一个知识分子的明哲保身，或者说秉持着某种原则和底线。她并不愿意为了虚假的人情去奉献自己的一票，破坏内心的评判准则。就像为了一块钱的红包去写一条好评，哪怕这件商品的确好。因为祈求和讨好本身就代表了不自信，而红包就是贿赂的证据。但是，任何遥远都是相对的，打脸总是来得很快，总有那么一天，它就会真真切切砸到自己头上。出来混总是要还的，现在，轮到她林宝珠去低三下四求人。

为了生计，不得不抛弃知识分子的矜持，转发朋友圈的时候，她有某种悲壮和屈辱。纵然如此，她仍然心存不甘，只想不露声色又含蓄内敛地达到目的。她静悄悄地转发，配上三个玫瑰图案，不再多写一个字。她想，看到朋友圈的人，会猜到我的内心吧？会投票吧？

点赞慢慢汇集，可仅仅是点赞。大多数的人，只是看一下标题，点个赞就走，丝毫不在意链接里面的乾坤。你要评奖，你要评职称，你心中着急焦虑彻夜难眠，你满脸爆痘内分泌失调，别人并不知道。即使知道，与他们有什么关系呢？在自己没有央求对方的情况下，别人没有义务为你投票、为你转发、为你摇旗呐喊。怎么都预料不到，自己也会变成一个苦苦企盼网络虚拟投票的人。早知今日，何必当初，如果之前多给别人投几次票，也不至于遭遇今日之窘迫。转念，她又痛恨起学院的比赛规则来。"最受本科生欢迎的老师"，本科生欢迎就行了呗，关朋友圈、微信群广大人民群众什么事？这分明就是人缘的比拼。她愤愤不已。

如今的学术会议，会期只有三天。第一天前往目的地，去酒店报到；第二天是正式会议，主题发言和小组讨论；第三天返程回家。主办方节约了经费，参会者省下了时间，两者一拍即合，意见高度统一。茶歇和自助，是相同专业的聚会现场。当研究领域细分细分再细分的时候，研究者就只有寥寥数人，彼此都读过对方的论文和专著，无论赞同还是反对，无论嫉妒还是钦佩，无论在网上刀光剑影"商榷"多少次，见面都热情洋溢，露出八颗大牙，亲切而熟稔地握手。突如其来的投票活动令林宝珠心不在焉起来。心中有事，就难以专注参会。会议的第二天，她又发了一条朋友圈，这次的措辞显然直白了一些："恳请大家为我投上宝贵的一票，请投6号。"末尾仍然是一朵玫瑰。这一次，投票终于增加，缓慢而持续地攀升至三位数。

远远不够。她叹了一口气。差额投票，候选人有十五名，三分之二的入选比例，乍一听名额不少，其实竞争激烈。其他十四个，都是同学院的老师，都是和她一样出于各种目的，需要教学奖的刚需。他们个个优秀，年轻有为，出类拔萃。张老师是海归，打扮时尚洋气，深受学生喜爱，拥有庞大的粉丝团，跟她比拉票，自己没有优势；李老师是学院出了名的教学能手，讲课声情并茂，侃侃而谈，把他挤下去，于心不忍。林宝珠代入了一下，如果自己是普罗大众，站在公平公正的立场，不依靠红包和人情的贿赂，将怎样对眼前的十五人进行投票？反正不管怎么投，那么平平无奇的自己，没有过人之处和必须要给她投票的使命感。那么，结局显而易见，她被淘汰出局。而后果呢，缺少这个奖，起码还要等一年，若是明年职称评定办法变了，还将继续等待下去。

唉，计划总是赶不上变化，追赶永远跑不过改变。学院里那位陈老师，四十八岁的老讲师，不就是这样一年一年耗下去，好不容易凑够论文时，偏偏又需要项目，凑够项目时又需要经费，凑够经费时又要卡学历，逼得陈老师年近五十，还跟一帮"90后""00后"一起读博。第一天开学，保安拦下陈老师："不好意思，家长不能入内。"陈老师在院办讲起的时候，众人哈哈大笑，她却有些酸楚，真是折磨人呢。什么叫"一着不慎，全盘皆输"，就是一个时间点没跟上，就再也跟不上。让你始终需要跳跃、奔跑，追那个近在咫尺又遥不可及的月亮，直到把自己从意气风发耗到沉默寡言。这一切不仅意味着工资、待遇，还关乎尊严，让你欲罢不能，让你骑虎难下，让你如西西弗斯一般永无止境。这样想着，林宝珠顿时觉得眼前黯淡无光，前途也那么渺茫，会场的一切像一个巨大的穹顶向她挤压下来。她闭上嘴巴，法令纹深重，本来就悲壮的脸又老了几岁。

不知道怎样结束的会议,林宝珠的心思完全被投票占领。坐在从 B 市返回 X 市的高铁上,四个小时,她可以仔细思考和认真谋划,像一个运筹帷幄的女王。可是又有什么用呢?今天是最后一天,拉票到了关键时刻。女王手下并没有将军和士兵,必须亲自俯下身子,低头求助,照例在朋友圈分享:"各位亲,今天是最后一天,请大家多多投票,请投 6 号哦。"

唉,他们能听懂吗?他们会投吗?她捏着手机,手心在屏幕上留下一道又一道汗渍。

三

林宝珠顾不上打量男人的长相,只是模糊有个印象,灰色夹克,这就够了,足以让她在从洗手间返回的路上,以这件衣服为坐标,寻找自己的座位。她揉了揉眼睛,既是养神又是思索。她还是感受到了,那种窥视的目光像是蚂蚁爬过。她把座椅倾斜，微微左侧，侧过脸，保持礼貌的社交距离。

高铁运行平稳，林宝珠的心却跌宕起伏。那些久远的记忆迈着小碎步纷至沓来。曾经，有没有人给她私聊，发送拉票信息呢？她在心里细数盘算，从脑海里捕捉，好像是有吧？这类人肯定跟她不一样，起码并不排斥拉票。那么是谁呢？她挖掘大脑里的每一个褶皱。哦，周小芳，她本科室友，当年毕业后，回老家县中学当数学老师，生了两个孩儿，憨厚质朴，洋溢着泥土的芬芳，跟刘美阳完全不同的类型。隔三差五，林宝珠总会收到周小芳发来的链接，无非是拼多多砍一刀，又或者是集赞送礼品，再或者是孩子参加比赛，无一不体现出一个主妇的斤斤计较和数学老师的精打细算。就那么突兀地把链接发过来，从不多说一句话，大概是群发吧，属于"有枣没枣打三竿"的范畴，始终保持历经千帆，宠辱不惊，在拉票战场上纵横驰骋的淡定和从容。

那么就从周小芳开始吧。林宝珠斜斜地躺着，揉了揉眼睛，找出周小芳的微信，把链接投放过去。

数学老师可能没课，反应迅速，回答已投，为了证明自己，还附上手机截图。她打开投票窗口，果然多出了一票。林宝珠内心充满感激，暗下决心，以后一定要给周小芳真诚投票，不管是砍一刀还是集赞赠送卫生纸，无论是火车票加速还是兴趣班免学费，她决心为周小芳家庭省下的每一分钱、争取到的每一点便利贡献自己的绵薄之力。这是对战友最诚挚的报答。

良好的开端令林宝珠信心百倍。这一切并没有想象中那么艰难呀。她又懊悔起来，以前怎么就那么害羞、那么矜持、那么腼腆呢？且不说错过多少免费的卫生纸洗碗布，就拿这轮拉票来说，整整两天时间啊，就那么白白浪费了，难怪别人的票数飞涨，肯定都是这样一张一张求来的，每一票都来之不易而又唾手可得，只需要厚着脸皮，请别人动动手，多么简单。她再一次为自己沮丧。痛定思痛，她决定趁热打铁，弥补前两天的损失。划亮手机，手指飞舞，天女散花般把链接播撒出去。微信响声四起，像是胜利的号角，全世界传来捷报，撒出去的种子硕果累累。林宝珠为自己的机智而自鸣得意。

女王取得了阶段性胜利,需要稍事休息,随后再战。她锁上手机,取下眼镜,揉了揉眼睛,四处张望。噢,原来男人特征明显,不仅仅是一件灰夹克。脑门又油又亮,像是蒙了一层保鲜膜。很多男人都是这样,无法逃脱谢顶的命运,只能四周包围中央,让周围仅存的几缕在头顶若有若无地徘徊,欲盖弥彰,徒增笑柄。男人把手支在座椅扶手上,强行霸占属于他俩的公共空间。她略微不爽,只好揉了揉眼睛,往左倾斜。

男人殷勤搭讪:"美女,你去哪儿啊?"

这是惯常的招数,这样一个油腻的男人,文化程度高不到哪里去,也想不出别的什么伎俩了。出于对男人刚才热心帮忙的回报,林宝珠老实回答:"哦,我回 X 市啊。"

"好巧啊,我也去 X 市。"

林宝珠内心就呵呵了。这趟车的终点就是 X 市,这算什么"巧"?看她没有接话,男人继续发问。

"美女,你是老师吗?"

"啊,你怎么知道?"

"气质啊,你一看就是老师。"男人眉飞色舞,为自己正确的猜测而自得。似乎怕她溜走，男人继续追问："你是教小学还是中学啊？"

林宝珠反问男人："你看我像小学老师还是中学老师？"

"呃……中学吧？看起来更有学问一些。"

"都不是啊，我是大学老师。"

"呀……呀，呀，呀！"男人表情诧异，不知道是故作姿态还是真情流露，发出歌剧中的咏叹调，"真是看不出来，你这么小小的，这么年轻，这么漂亮……"男人用手比画了一下："你竟然是大学老师。那你是博士吧？哎呀，我最崇拜有知识有文化的人了。"

林宝珠享受着男人的恭维。谁说腹有诗书气自华，这是骗人的鬼话。什么知性、学识、气质，在美貌面前相形见绌、自惭形秽，不然师兄怎么就转而与刘美阳孔雀东南飞了呢。其实，她对自己的长相不太自信，没人的时候她对着镜子孤芳自赏，鼻子吧有点塌，配着一张稍微宽厚的嘴，实在是平淡乏味。大约出于弥补吧，老天爷送给她一头茂密蓬松、发量充裕的头发，不是黑色瀑布似的浓厚乌黑，而是钢丝球一样炸开、像蘑菇一样绽放的沙性发质。她还有一个小秘密，从小她的外号是"爱因斯坦"。这个外号的初衷是嘲讽她那伟大科学家一般的乱发，后来却成了她的动力——当一个姑娘不具备外表上的优势时，那就用知识武装自己吧。除了美貌，也只有知识才能让女人有一些底气，找回一点心理安慰。伴随年龄增长，这一头炸毛的乱发倒是优势凸显，当同门都为脱发秃顶烦恼的时候，她则毫无压力。

林宝珠做出一副矜持的姿态："哦，是的。"

"呀，呀，呀，呀！"男人再一次用咏叹调抒发内心。他瞪大眼睛，无数个问题顺着嘴巴飘出来。无非是在哪个大学、学什么的、教什么专业，诸如此类。

她心不在焉，有一搭没一搭地回答。男人的问题没完没了，非要打破砂锅问到底。

"你教环境啊。哎呀，这太有必要了，咱们国家，现在就是环境太糟糕了，你看看这……"男人指着窗外，一排排白杨树呼啸而过，"你看看啊，我们小时候，河水多干净啊，我们随便跳进去游泳。现在呢，谁敢啊？"男人捶胸顿足的模样。

"哦,是啊。"

"你一月工资多少?"

"啊?呃,那个,大概五六千吧。"林宝珠有些慌乱,不知道应该说出真话还是假话,于是选了一个平庸的数字。

"呀!"男人特别喜欢用这个感叹词。"呀!"男人又是惊叹,"我还以为你一个月一两万呢,怎么这么少。哎呀,读那么多年书,交那么多学费,挣这点,真是不划算呢。"

林宝珠有点窘迫。实际上,她的收入不仅仅这些。按劳分配,多劳多得,科研奖励,教学工资,时不时出去做个讲座,这些零零碎碎的钱加在一起,说多不多,说少不少。但是,她凭什么要把自己真实收入告诉眼前的陌生人呢?

她突然有些恼怒,这人太不礼貌了,难道不知道这些都是个人隐私吗?就算你再怎么好奇,再怎么惊讶,都应该保持基本的社交距离啊。她顿时把男人列入讨厌的阵营,决心敷衍对待,于是低头划开手机。

无数条信息弹出来，有的简短干脆，只回答"已投票"，这是最令人放心的一类，绝不多说一句话，彰显出经常拉票经常给人投票的熟练。有的表示惊讶：哇，原来你已经毕业啦！这是很多年没有联系的老同学，甚至没有多余的聊天记录，这倒好，顺便告诉了他们最新动向。有的摇旗呐喊，犹如啦啦队一样发送无数个"加油"，这是平时联系比较多的亲友团。还有的是不知道什么场合加的奇奇怪怪的人，大约是微商或者房产中介吧，轻车熟路，一口一个"收到，姐"，这是渴望"投之以木瓜，报之以琼瑶"的一类。林宝珠迫不及待点开链接，一人一票，倒也不少。

林宝珠抬起头，往后仰，再一次佯装休息。男人却像猎犬一样捕捉了她的动静，不放过她的每一分钟闲暇。

"你平时上班累吗？"男人问。

她快要被男人烦死了，哪有那么多问题。她装作没听见。

"美女老师，你平时上班累吗？"男人抬高了音调。

林宝珠确定,如果她不回答,男人将会锲而不舍地问下去。她安慰自己,很正常,在这个世界上,女博士本来就属于第三类人,大概是很罕见吧,自己要理解别人的好奇。

"噢,还行吧。"

"你是不是觉得脖子不舒服?我看你一直揉眼睛,小心颈椎啊。"

"啊,是的,我们这一行确实要注意颈椎问题,这是职业病吧。"

"那你可得注意啊。我给你说啊,我就有颈椎病……"男人坐起来,向她展示自己的后颈,"你看啊,我这儿,就是这儿。"男人低下头,用手指着颈椎那块凸起。

"我这儿,医生说,原本颈椎是弯的,往前凸。"男人用手比画,"我去拍片儿,颈椎变直了,可把我痛苦的,那几年啊,经常头晕,不停揉眼睛,那其实就是头晕。"男人用手指着她:"喏,跟你一样,你以为那是犯困,其实是颈椎病导致的。"

她忍不住摸了摸自己的后颈，试一试那里的弯度。

"我给你说，你可要注意了。颈椎病，很难受的。"接下来的半个小时，男人滔滔不绝，讲起了他与颈椎曲度不屈不挠抗争的历史。出于最基本的礼貌，她侧耳倾听。不得不承认，男人的讲述很有意思，既有个人体验，又有医学知识，还有实践操作。这些年，男人像个小白鼠一样，尝试了各种各样的治疗方法，从不良坐姿讲到充足睡眠，从针灸治疗讲到中波短波微波照射，效果却不怎么样。

"喏，你试试。"男人不由分说，从胸前的包里掏出一串项链，挂到她脖子上，"能量珠，怎么样，是不是脖子有热热的感觉？看，你戴着正好，既能装饰，还能养生。美女老师，要不，这条你就拿走？"

四

林宝珠把钱转给男人，还有些发蒙。手里的能量珠有着明媚的光泽，显示出廉价的品质和不明的来历，突然就让她清醒过来。她有些后悔，怎么就那么愚蠢，一看就是打着高科技的旗号，交纳智商税的玩意儿，伤害性不强，侮辱性极大。她想和男人大闹一场，索回自己的财产，可又实在拉不下脸。钱是你自愿给的，价是你自己谈的，没有人强迫你讹诈你，就算闹翻天了，也无非是一个愿打一个愿挨。她在心中复盘，明明是坐了次火车，怎么就变成了推销？很显然，这是处心积虑的靠近和推销，男人的殷勤和憨厚，大概是一个职业销售员的伪装，竟然那么的真实和熨帖，让她无从防备，一头扎进了他密密编织的网，插翅难飞，无处可逃。

男人得逞了，不再把她作为猎物，仰头闭目养神，颈椎呈现自然的曲度，不知道是原本就正常还是能量珠的功劳。林宝珠气鼓鼓地想，起码应该骂男人一句，作为最后的赠言，反正萍水相逢，老死不相往来，可是自己的形象呢？周围的人会怎么看待她？如果她与男人发生争执，会不会有人录下视频？会不会一举成名？会不会成为社会热点，成为新的流量密码？她任由自己的胸口起伏不定，竟然想不出一个骂人的理由和一句骂人的话。

　　林宝珠一口一口嘘着长气,开始为自己开脱。淡定,淡定,这么多年,她一直在象牙塔度过,循规蹈矩,按部就班,从来没有如此近距离与一个成熟的销售员较量。尤其是她这张脸,一眼就能看出是涉世未深、毫无城府,一副好骗的样子。一定是这样,不然怎么就单单冲她下手呢?这是一次难得的经历,人生不就在于经历吗?人的成长,是需要交学费的,她只是补上了别人早就上过的一节课。她又给男人寻找借口,唉,谁都不容易,不然怎么会坐在火车上还惦记着推销,为了卖出一串珠子,处心积虑低三下四殷切服务,帮人搬行李,找人聊天,不累吗?两百块钱,也不贵,权当是给男人搬箱子的辛苦费,看那男人侃侃而谈,很专业的样子,说不定对颈椎还真的有点用,算了算了,就算买了个心理安慰吧。

　　她在内心进行最后的总结陈词,如同给学生授课一样循循善诱,似乎在弥补学术会议上蹩脚的表现:那么各位同学,这位推销员是靠什么成功的呢?

高铁即将到站，温柔的女声又一次播报："女士们，先生们，列车运行前方将要到达 X 市了……"她掏出手机，报复般点击："各位亲，最后时刻了，请帮忙扩散，转发到您的朋友圈和各种群，为我投上宝贵的一票，记得，请投 6 号哦！"

"到了，给我拿箱子。"林宝珠摇摇男人，命令道。

民政局

空城计

"我只希望当个贤妻良母,在家相夫教子,宁愿把这个省级教学能手的头衔让给你,你去抛头露面,你去光耀门楣。"在一次雷霆暴雨般的争吵之后,一贯强势的胡锦俪幽幽地说。

一

节能灯无力地闪烁着，餐桌上没擦干净的油渍在主人面前耀武扬威。梁广贤坐在桌前，面对胡锦俪喋喋不休的嘴。胡锦俪手捏着从办公室顺来的黑色中性笔，在随意撕下的备课本上描绘她的宏伟蓝图。梁广贤下腹隐隐的鼓胀又传来，像是有无数个乒乓球在膀胱里跳跃。不敢去厕所，在胡锦俪的"课堂上"，不允许有任何离席的理由，否则将陷入无休止的数落，比如你怎么早不尿晚不尿偏偏这个时候尿？比如你对这个家一点都不上心，操心的永远是我。

结婚十年，梁广贤早就对胡锦俪了如指掌。要想维持婚姻，他必须忍耐。

就在刚才，好不容易把嘟嘟哄睡着，梁广贤准备回到电脑跟前看看文献，胡锦俪冲他努努嘴，表情肃穆："开个小会。"梁广贤只好像个乖巧的中学生，规规矩矩坐在餐椅上。只有两居室，一间是夫妇二人和孩子的主卧，一间是老人的次卧。晚上十点，闲散人员早已安睡，到了梁广贤写论文和胡锦俪备课的时间。

会议的内容仍然关于买房子。

先前，关于买与不买，他们已经经过了无数次的论述和争辩。结婚生子，把祥和苑的所有问题暴露无遗，让胡锦俪的不满日甚一日。室内空间狭窄，室外空间局促。车辆乱停乱放，毫无立锥之地。只有一个厕所，上厕所的人心烦，等厕所的人焦躁。两室的房子，任你绞尽脑汁设计出各种匪夷所思的收纳方法，所有零碎挂上墙，安装精妙绝伦的折叠桌和折叠床，打造各种奇形怪状的柜子，都无法改变房子的空间状况，两室还是那个两室，变不成一室，也变不成三室。拥挤的状况在嘟嘟出生以后愈演愈烈,五十厘米高的小婴儿带来了太多东西,小衣服小被子,摇铃玩具,小床小车子……零零碎碎,叮叮当当。胡锦俪的手指头一根一根弯曲又掰开,犹如苦大仇深的贫下中农,悉数各种不方便、不愉快,最终痛定思痛——必须买房。

这套房子也挺好,至少梁广贤是这么认为的——离单位近,离地铁近,离菜市场近,离小学幼儿园近,多么省时省力。他供职的学校正好在市区核心地段,当年结婚时,随大溜就在单位附近买了这套二手房。事实证明,这套老房子,在过去的岁月里,就像一头勤勤恳恳的老黄牛一样,虽不堪重负,虽磕磕绊绊,却还是发挥了巨大的、不可替代的作用,伴随夫妻二人解决了结婚、生子、坐月子等重大人生问题。

更吸引他们的是,当年,房产中介信誓旦旦地保证,这么好的地段,确定、一定以及肯定——拆。"你懂得。"中介小伙眨巴眨巴眼睛。没错,闹市区寸土寸金,十年时间,周围的老房子该拆的都拆了,取而代之的是各种购物中心。祥和苑拆迁的传闻从未消歇,却总是岿然不动。日日在期盼,夜夜在失落。

得知拆迁无望以后，再看房子的时候，胡锦俪就戴了一副有色眼镜，就连梁广贤引以为傲的最大优势——离学校附幼、附小、附中近，方便嘟嘟以最短的时间和最低的成本享受单位教育资源，胡锦俪都嗤之以鼻。附小、附中在全市排名仅仅中下，远远比不上南江小学、中学。

梁广贤进行毫无战斗力的辩驳："那幼儿园呢？我们幼儿园多便宜啊，每个月保教费一百五十元，这种优惠你在哪里找？"

胡锦俪不屑一顾："那你咋不说你们附属幼儿园教了个啥？除了学习不教其他啥都教，吹拉弹唱、琴棋书画，有啥用？你看看人家南江金苹果幼儿园，八千块的保教费，马术游泳击剑，拼音识字数学，那才是精英教学、高端教育。"

对于买房的一切，胡锦俪早已深思熟虑。她每天放弃午休——尽管这是她从学生时代保留下来的习惯，拉着房产中介到处踩盘，历经各种对比考量，细细筛选，最终决定买在南江区。南江区是政府全力开发的新区。在这个缺水的北方城市，南江区挖出了一个人工湖，风景秀丽，游人如织，多次被央视报道，南江区也一举成为全省乃至全国的标杆，也成为本市的名片、全国人民的打卡胜地。人工湖附近修建许多高档小区，因配套的风景而价格不菲，引无数富人竞折腰，是本市房地产市场的新贵。

她手拿中性笔，在备课本上逐一论证：南江区的环境毋庸置疑——拥有数个大中小型公园，老人和孩子有免费的游乐场所，不像祥和苑，出门就是车，尾气雾霾铺天盖地。更重要的是，区内引进了全市最先进的教育资源，在全区修建了几所硬件一流的学校，只要成为业主，就能解决从幼儿园到高中的上学问题。至于师资，那更是信心百倍。这年头，只要钱给到位了，还愁名师？

她踌躇满志，拿出厚厚一摞 A4 打印纸，每一张详细标注户型、环境以及价格。

梁广贤凑过去，好奇地看了看，被价格吓得瞠目结舌。

"这么贵，买不起啊。"他皱了皱眉毛。

胡锦俪露出神秘的微笑。她稳坐餐椅，学以致用，把从中介那里学到的理论和自家实际紧密联系，款款道来。

二手房掌握在房东手里，锱铢必较，寸步不让。但是新房由房地产商定价，报备政府。政府根据开发商拿地价格综合评估，进行限价，也就是说，可以以远远低于二手房的价格买到新房。喏，南江国际，品牌开发商，一级物业，带南江二小和南江中学的学区，周边二手房价二万二，南江国际才一万五，你说赚不赚？

数学博士梁广贤迅速计算，仅仅一百平，就能便宜七十万。

"当然，这种捡便宜的好事，当然挤破头。"胡锦俪补充道，"所有人必须摇号买房，大家凭运气，谁摇上就是谁的，根据摇号顺序选房，童叟无欺，公平公正。"

"这里面，当然也有漏洞可钻。"锦俪故意卖了个关子。梁广贤的尿意无影无踪，竖起耳朵倾听。

"根据规则，刚需排在前面，有两次摇号机会，而普通家庭只有一次机会。进入选房程序后,也是刚需先选。好户型、好楼层肯定就被他们挑走了。这么说吧,刚需是摇号大军里的VIP。"

"那么,怎样成为刚需呢?"梁广贤问。

"这就是我要给你说的重点。根据政策规定,离婚带孩子,名下无房,就是刚需。所以,咱俩离婚吧。"

梁广贤没有想到胡锦俪终于还是吐出了这句话,心平气和,轻描淡写。他很多次想象过它们到来时的场景,半开玩笑、怒火中烧,或者阴郁深沉,唯独没想到这么平平淡淡。不过也好,他像一个颠沛流离多年的逃犯忽然被扔进了温暖的监狱,又像住在楼下的人终于等来了另一只落地的靴子,顿觉无比安心,长出一口气,甚至有了些睡意。

"当然,为了方便你成为刚需以后贷款买房,家里所有的流动资金都归你,作为购房首付。"胡锦俪居高临下,胜券在握。

梁广贤意识到,这不是试探,也不是征求意见,更不是可行性讨论,而是深思熟虑以后的斩钉截铁。

其目的就是通知梁广贤：我心意已决，需要你的配合。

"咱们离婚吧"——这五个字，一定是经过胡锦俪无数次精密演算而得来的最终答案。中学数学高级教师胡锦俪向来就是这样一个人，把生活过得像解方程，理解题意，化繁为简，穷尽算法，最终拨云见日。

二

记不清从什么时候开始，梁广贤逐渐丧失了在这个家的决定权，正在失去发言权。

婚后的胡锦俪头脑敏捷、能言善辩、控制欲强，跟恋爱时期的圆润乖巧形成了巨大反差。当初谈恋爱的时候，梁广贤是大学高数老师，刚刚博士留校，兼任辅导员，而胡锦俪是数学系研二师妹。他教学经验缺乏而又好为人师，正好把胡锦俪当作练手对象，又顶着大学老师的头衔，带有不怒自威的庄严。比方说胡锦俪爱吃小零嘴，尤其热衷于臭豆腐，走到哪里都要买一碗。梁广贤老师绝不姑息这种不健康的饮食习惯。他从养生环保睡眠等等角度，旁征博引苦口婆心，从令人生疑的发酵方式说到了不堪入口的地沟油，周密论证了吃臭豆腐的不科学性，胡锦俪心甘情愿地接受了有理有据的反对，并且坚决地贯彻执行。

是什么时候，这一切发生了逆转呢？

细想起来，转变大概是从搬进祥和苑开始的。那时他们结束了在学校鸽子楼的住宿生活，欢天喜地地搬进了新房。鸽子楼是学校教师的过渡房，进门是一个大开间，开间旁边又延伸一个开间，就像鸽子的两扇翅膀，厕所在鸽子头的位置，厨房在鸽子尾。

按照进校报到的先后顺序，梁广贤和同年留校的骆平原分到了一起，各自占据鸽子的一条翅膀。骆平原是中文系博士，满脑子诗词歌赋，誓要写出前无古人后无来者的伟大作品。伟大源自灵感。为了捕捉灵感，骆平原选择把自己灌醉。他喝酒的方式独具一格。别人喝酒，是悠着喝，伴着花生米喝。骆平原喝酒，是把啤酒瓶摆成圆圈，端坐其中，手捧笔记本，喃喃自语，抿一口，写一句；写一句，抿一口。

好酒写好诗，干！

骆平原极具仪式感的写作风格让梁广贤胆战心惊。学数学的嘛，脑子里总有那么一点理性、一点固执、一点线性思维。本着为室友的身体和未来负责的原则，梁广贤从养生环保睡眠等等角度，旁征博引苦口婆心，从喝酒伤肝伤肾伤五脏六腑说到了勤俭节约是良好的生活习惯，周密论证了酗酒的不科学、不合理性。

然而骆平原并没有缴械投降。他恍然大悟：李白之所以倚马可待，是因为他喝的是低度酒啊，怪不得喝啤酒总是找不到感觉。

"我去，怎么没有早点想到啊。谢谢你哦，兄弟。"

骆平原握住梁广贤的手，处心积虑蓄起的胡须飘在梁广贤的手背上，痒痒的，令人无语凝噎。

梁广贤无可奈何，最终不得不承认，阻止骆平原喝酒的目的是维护个人权益。毕竟，跟骆平原依赖酒精寻找灵感不一样，数学博士梁广贤，研究高斯变分方程的大脑需要绝对的理智和清醒。他游走于学校后勤处各科室之间，含糊其词地提出换室友的申请。"骆平原老师，是一位很好的老师。"他警惕地强调，"但是呢，我们的生活习惯不是特别搭。"他试图掩饰自己的真实意图。后勤的大妈慧目如炬，嘴皮子比目光还要锋利。

"嚯，哪有室友给你换，你以为住学生宿舍啊？要不你退宿？反正你们这一波是最后一年过渡房，明年进学校的，连鸽子楼都没啦。"

梁广贤落荒而逃。

多年以后，梁广贤隐隐地觉得，之所以高斯变分方程毫无进展，就是被骆平原的酒气给熏的。

所以，梁广贤买房的需求，比学校的任何人都要迫切。搬进祥和苑那一刻，他几乎要热泪盈眶了。这哪里是一套房，简直是救他于水火的大救星。

也正好是那一年，胡锦俪毕业参加工作。十年后的今天，梁广贤不得不承认，同样学数学，胡锦俪比他更加务实，更加讲求实际，还有更加敏锐的嗅觉。就比如她作为名校数学系硕士，毕业时转身去南江中学做数学老师。这简直令人诧异，又彰显了卓越的眼光。

当年，数学硕士还是市面上的抢手货。同门要么去高校，要么去500强企业。一身的才华，必须有一份能体现价值的工作。所以，对于中学数学老师这样一份平淡无奇的职业，大家还是有那么一些不屑，还有一丝遗憾。若干年后，同门才对胡锦俪当年的选择恍然大悟。尤其是这几年，城市放开落户限制，人口迅速突破千万，暴涨的外来人口都有上学需求，胡锦俪工作的南江中学迅速成了市面上的抢手货，择校费居高不下。而正经985数学系硕士出身的她更是奇货可居，早已跃居骨干教师，踏入省级名师行列。

全市顶尖的数学老师，自然是家长追捧的对象。据说，区长的儿子想要进入胡锦俪的班级，都得提前半年打招呼。又据说，想要请胡锦俪吃饭的家长，从南江区排到了巴黎。

相比而言，梁广贤这几年的发展就不那么尽如人意。有时候，决定命运的并非能力，而是选择。与胡锦俪的降维打击相反，梁广贤选择了一条荆棘丛生的道路——他一心想要在高斯变分方程上有所建树。这是世界性的难题，该方程长期只有一阶形式的等价积分结果。梁广贤致力于提高它的计算精度，使这个古老的方程更好地发挥作用。

热泪盈眶地搬进祥和苑的那一年，梁广贤就立下壮志：好好干，写几篇高质量论文，琢磨琢磨高斯变分方程，解决数学史上的难题，成为世界知名数学大师，为人类发展做贡献。事与愿违，这几年，高校教师压力倍增。每个岗位都有自己的标准，算法解决不了效益，改变不了标准，高斯解决不了生存问题。这种冷门的研究在评价体系中处境尴尬。你能想出来的别人早就想出来了，仅仅没有新意一条就能让你的论文还没进入外审就被毙掉。梁广贤疲于奔命，高斯研究毫无进展。十年来，他的壮志一降再降，从世界级数学大师降到长江学者再降到博导。到现在，壮志灰飞烟灭，只求安安稳稳过日子……

当然，也不是没有人另辟蹊径。就在梁广贤搬出鸽子楼的那年，骆平原突然开悟。他结识了某位处于上升期的作家，依仗自己现当代文学博士的功底，对作家进行了从头发丝到脚丫子的分析、从标点符号到宏观立意的研究，在与作家的共同努力下，发表数篇论文，跃居国内知名批评家行列。

然而这条路梁广贤是无法复制的。高斯早已长眠，难不成掘地三尺，把他从地下唤醒？

新来的博士，个个都德智体美劳全面发展，科研搞得好，长得也好，或年轻貌美，或风流倜傥，打扮得体，语言幽默，上课总是转点小英语，时不时吆喝几个学生去咖啡厅泡点手冲。学生哪有不喜欢的道理？所以，就连教学这条路梁广贤都走不通了。新星们科研、教学、项目，哪样都比他强，这一切就是良性循环的开始，有科研，有项目，才能招到学生。而梁广贤，正面临并将长久面临四面楚歌难以破局的闭环。这一切造就了一个尴尬而恐怖的事实——工作这么久，梁广贤还是一枚小小的讲师。

所以，当身边的人坐着火箭突飞猛进的时候，梁广贤十年如一日原地踏步。正如祥和苑，当年的小伙伴已成为摩天大楼，划破天际，只有它还是一株灰头土脸的狗尾巴草，与周围的光鲜格格不入。

随着胡锦俪的声名鹊起,梁广贤的头衔从梁老师梁博士变成了胡老师的爱人,丧失了拥有姓名的权利。是啊,他梁广贤在学校只是一个可有可无的角色,甚至是一条蹩脚的注脚,而胡锦俪则炙手可热,是人人追捧的名师。要不是院长的公子在胡锦俪班上,说不定梁广贤早就因为没有完成绩效,被扫地出门了。

面对风头正劲的胡锦俪,梁广贤竟有一种畏惧感。而长达十年的生活实践证明,在对待生活上,胡锦俪更加眼光独到且高屋建瓴。每一件事都规划得妥妥当当,每一个细节都无懈可击,每一道难题都能拨云见日。

胡锦俪的生活,犹如经过数学公式推导的卫星轨道,运转精密,绝无旁逸斜出的可能。就连生孩子都经过周密准备。要赶在三十五岁之前生头胎,免得成为高龄产妇,于是备孕成了头等大事。孩子必须生在六月,既不耽误上课,又跨一个暑假,产假可以顺延。胡锦俪买了一堆排卵试纸,早上测晚上试,一举命中,正好赶在六月一号生下了嘟嘟。

胡锦俪的种种成功决策,让梁广贤在家庭的存在感越来越弱,指挥棒顺理成章地移交到了胡锦俪手中。

就连买房这样的大事，要不是需要梁广贤出面顶一个刚需指标，梁广贤相信，胡锦俪一个人就可以搞定。

伴随胡锦俪社会地位和工资收入提高的，还有眼光。梁广贤的处境，早已像这套老房子一样，被嫌弃，被鄙夷，被挑剔。事业这座城池已被别人攻陷。一纸婚书，能拴住胡锦俪吗？婚姻也讲究势均力敌，敌得过的就是两个人合伙开公司，敌不过的正如两军对垒，不是你死，就是我亡。他时不时担心离婚，就像等待一只即将落地的靴子一样。

是的，他害怕离婚。只有众人眼中还算幸福的家庭，才能让他被别人高看几分。他要用胡锦俪的绚丽来掩盖自己在单位的失落。就像祥和苑，虽然拆迁无望，但跻身于体面的高楼中间，勉强还能博得身处市中心的头衔。

"我只希望当个贤妻良母，在家相夫教子，宁愿把这个省级教学能手的头衔让给你，你去抛头露面，你去光耀门楣。"在一次雷霆暴雨般的争吵之后，一贯强势的胡锦俪幽幽地说。

那一刻梁广贤甚至有些心疼妻子。毕竟，中国人的传统思想是男强女弱，眼下，平衡正被打破。妻子的成功，完完全全是这个家庭的幸运，也的的确确是为这个家好，所以她有百分百的资格抱怨他。而自己又能怨谁呢？怨自己的"不争气"？

三

梁广贤烙饼一样，在床上翻来覆去。远处的车声和灯光不断敲打着玻璃，他的心也跟着明明暗暗。

面对胡锦俪完美的计划，他找不出一个反对的理由。人家全市知名的教学名师都愿意为了几十万的利益放下脸面去离婚，你一个老讲师，还有资格拒绝吗？

假戏真做的离婚案例，他不是不知道。当年，隔壁师院建集资房，双职工只能买一套。中文系的穆老师，说服自己的丈夫——哲学系的周老师，去民政局操作一番，从一对双职工变成两个单职工，成功争取到了两套集资房指标。不料,周老师提出复婚时,穆老师扬起离婚协议——离都离了,字也签了,白纸黑字,还敢抵赖?可怜周老师,只懂形而上的孔子老子孟夫子,不懂形而下的现实问题。他百口莫辩,坐在教学楼顶层,试图探讨"生存还是死亡"这个终极命题。一时间,沸反盈天,妇孺皆知,不知名的师院一夜之间全市闻名,差一点就因为这则新闻上了热搜。就连鸽子楼下的清洁工老王都鄙夷地说:"有失体统,堂堂哲学博士,为一套房子费尽心机,寻死觅活,没本事。"

所以,梁广贤不能拒绝。一旦拒绝了胡锦俪的计划,就是把自己的实力明明白白摆在胡锦俪的面前——你弱,你输不起,你连离婚的风险都不敢承担。两军对垒,谁挂起了休战牌,就意味着:我弱,我不敢打。

敢离婚,有可能输。不敢离婚,一定会输。这不仅是一次离婚,更是一场心理博弈。司马懿率兵乘胜直逼西城,诸葛亮无兵迎敌,靠着沉着镇定,大开城门,自己在城楼上弹琴唱曲。"你就来、来、来,请上城楼,司马你听我抚琴。"这一曲空城计,拼的不是实力,而是胆量。

梁广贤决心应战。

一夜无眠。

胡锦俪早有准备。轻飘飘的A4纸,十年来家庭积攒的一切都分配均匀。和约定的一样,银行存款和孩子归梁广贤,房子车子归胡锦俪。

"签吧,喏。"胡锦俪递过来签字笔。

梁广贤匆忙而快速地签上了自己的名字。中性笔像是长出无数颗心脏,笔尖触动之处便迎来猛烈跳动——怦……怦……怦……

来不及吃早饭,他们便来到了民政局。一场秋雨一场寒,天上飘着如丝如缕的小雨。来自西伯利亚的寒风正吹走城市最后的暖意。冬天很快就要来临。十年前,阳光明媚,他们踏入这扇大门,以为那是第一次也是最后一次。时光在此交错,彼时胡锦俪初入社会,梁广贤刚刚买房,他们怀揣着对未来的美好憧憬来到这里。柜台后的那个年轻的办事员,轻车熟路,捏着公章在印泥里轻轻一戳，左手压住右手，尽量力道均匀，把印泥按在证书上，笑眯眯递给他们。

"恭喜你们结为夫妻。"年轻的办事员明媚地说。

明知道这一切都是机械的办事流程，并不是对他们的特殊关照，拿到证书后，他们看待对方还是多了一些陌生而新奇的感觉，原来的玩笑戏谑就有了束手束脚的滋味，好像伴随证书而来的还有端庄与慎重。从此以后，挣到的每一分钱都属于对方，得到的每一份荣耀都有彼此的一半，自己的身体里突然长出了一个人，好的坏的都要共同承担。那种拘谨的陌生感直到一个月以后才消失，为了报复似的，两人更加肆无忌惮。说话也没有相敬如宾的必要，机关枪一样突突突地扫射。

那时候真是年轻，有无穷的精力和无尽的时间声讨、斗嘴、辩论，头一天吵架，第二天就能若无其事，好像一切都没有发生过。

"反正有证书保证，要拜拜只能去民政局办手续。"胡锦俪说。

"是啊，又不像谈恋爱，闹掰了就分手。"梁广贤说。

离婚真麻烦，干脆，不离了。他们相视一笑。

而现在，一点都不麻烦。比当年绞尽脑汁去后勤申请调宿舍逃离骆平原还要简单。再不用忸忸怩怩地掩饰，也不用跟后勤大妈磨破嘴皮子。离婚的人淡定，办证的人更淡定。三个人聚在一起，目的明确，高度一致。

据说，目前全国离婚率高达44%。那么根据概率论，今天走进结婚登记处的新手夫妻们，有接近一半会在未来离婚。离婚的理由千奇百怪，总能找到一款适合自己的。变胖了离婚，变瘦了离婚，买房离婚，上学离婚，有钱了离婚，没钱了离婚，朝夕相处离婚，两地分居也离婚……

太简单了，只需要那扇门背后的某个工作人员，就像办理结婚证一样，轻车熟路，捏着公章在印泥里轻轻一戳，左手压住右手，尽量力道均匀，把印泥按在证书上，面无表情地递给他们："好了，下一位。"这婚就离了。十分钟，最多不超过半个小时，昨天还同床共枕，今天就变成最熟悉的陌生人，从此分道扬镳，相忘于江湖。

……

"走啊。快，快，快！南江国际下周就开盘了，还要腾出时间准备摇号资料。"胡锦俪催促。

他们径直走进大门。

……

"干什么的？回来回来！"耳边炸雷般的呵斥。梁广贤转过头去，门口的岗亭里探出了一个花白脑袋。

"就你俩，赶紧出来。"花白脑袋冲他们招手。

两人赶紧往门口退。

"师傅，怎么啦？"胡锦俪问。

"预约单呢？"花白脑袋摊开手。

"预约单？什么预约单？"

"不知道你还来离婚？看来是不想离啊，回吧回吧。"花白脑袋揶揄道，冲他们摆摆手。

"师傅，我们是真想离。您看，我们离婚协议都写好了，这是啥情况？实在不能等了，过不下去了。"

胡锦俪辩解道。

"喏,这。"花白脑袋用手点了点窗户,"好好看看,有流程的,搞清楚了再来。"话音刚落,窗户哐地关上。

两人这才看到玻璃上贴的通知。这几年,为避免扎堆,结婚离婚均需提前在网上预约。胡锦俪打开网站,每天总共二十组,离婚的日子排到一个月以后了。

天知道每天竟然有这么多人打算离婚。

胡锦俪懊恼不已。一向周密严谨的她,第一次出现了重大失误。就像一个完美解答的方程,因为一个小数点的失误而颗粒无收,平白无故被扣光了分数。

南江国际回回开盘都火爆万分,一周以后正好又要开盘,精装洋房,完美的四叶草户型,每平米比市场价低七千,就指望离婚后梁广贤的刚需身份,争夺一个VIP指标,岂料棋差一着。她稳了稳神,固执地守在民政局前,手指滚动,翻阅通讯录,挨个打电话,寻找解决路径。

接电话的是一个学生家长,显然有些意外:"您好，胡老师，什么，您要离婚？"那头有一些获悉隐私的窘迫。"哦哦，您放心，我不会说出去的。您是要买房是吧？能理解，能理解，嗨，现在这种事太多了，太多了。"面对信任，对方诚惶诚恐，主动为胡锦俪化解尴尬。

"我的确是在民政局，但是呢，我是在新桥区。现在的要求是，必须在户口所在区的民政局才能离，您户口不在新桥区。哎呀，抱歉抱歉。这样，再给您问问，看看有没有什么熟人。您先稍等，我待会儿打给您。"那人毕恭毕敬。

四

两人苦守在民政局门口，裹紧了外套，在瑟瑟寒风中等待最后一线生机。胡锦俪双手交叉，用踱步缓解自己的焦急。梁广贤则垂着头，不好意思见人。

那些来来往往的腿里，凡是欢欣雀跃、步履轻快的，一定是去左边的结婚登记处的。腿的主人手挽着手,肩并着肩,欢天喜地,山盟海誓,如胶似漆。他们拿到红本本,必然会发一个朋友圈,所有人可看,宣告自己找到了另一半,迈入人生新的阶段,接受全世界的祝福。

而那些奔向右边离婚登记处的腿,有的犹豫,有的果断,有的迟疑,有的洒脱。

果然,腿的状态就足以证明那句名言的正确性:幸福的家庭是相似的,不幸的家庭各有各的不幸。那么,他们是为什么而离婚呢?是性格不合,是家庭琐事,是相互厌倦,是外遇出轨,是负气赌咒,还是和他们一样,为了现实的利益?

有一个男人在门口徘徊,应该是在等那位姗姗来迟的女人,烟头吸得吱吱响,像是在思索什么世纪难题。即将成为他前妻的太太,匆匆赶来,边走边看手表,卡着时间。当她出现在他的视线中时,他像是做出了重大决定,烟头从指间滑落,两条胳膊伸展迎上去,做出像是拥抱又像是阻拦的姿势。女人远远看见他,驻足不前,一脸厌恶。男人讨好的胳膊尴尬地摊开,又无力地垂下。他应该为自己的年轻气盛而懊恼了吧?"快点,预约时间到了。"女人冷冷抛下一句话,径直往大门走去,甩给他一个后脑勺,不愿给他任何反悔的机会。男人知道对方心意已决,任何谦卑都无济于事,跟在她身后走了进去。

还有一对夫妻,手牵着手进去,又手牵着手出来,如去菜市场买菜一般轻松。他们捧着离婚证,请求梁广贤为他们拍摄一张合影。女人说:"哎,师傅,请把我拍瘦点。"男人说:"靠近点,靠近点,咱俩最后一张照片了,来吧,最后亲一下。"他们在民政局门口蜻蜓点水般嘴皮子碰撞。"挺好挺好,待会儿发朋友圈,庆祝咱们回归单身。"女人边看照片边说。

然后,两人朝对方挥挥手。

"再见啦,祝你幸福。"女人说。

"再见啦,祝你幸福。"男人说。

随后,一个往左,一个往右,汇入人海中。

梁广贤突然觉得,离婚并没有那么可怕,也许……离了婚也挺好。所谓的夫妻,不过是人生长河的萍水相逢，有缘则聚，无缘则散。失去的终将失去，就像手心的沙，捏得越紧，流得越快。

离了婚，从此相忘于江湖。再也不用在胡锦俪面前低声下气，再也不用在院长面前伪装成一副勤勤恳恳的模样，为绩效为职称仰人鼻息。我就是一个失败者，不需要伪装的失败者。

那又如何？我本是卧龙岗散淡的人，既然做不成论阴阳如反掌保定乾坤，我就回去做散淡的人，你司马懿尽管放马过来。

这出空城计我不想演了，这座城我不要了。你该拿就拿，该抢就抢，该分流就分流，该把我分到哪就分到哪，去他的房子车子孩子票子面子，统统不要了。正好大把空闲研究高斯变分方程，等我想出更精妙的解法，一定能够一鸣惊人。

梁广贤越想越激动，沉浸在自己的想象当中。啊，那个精妙的算法，拖着小尾巴晃来晃去，就要抓住了，抓住了……

五

直到他的肩膀被胡锦俪重重一拍。

"一个好消息,一个坏消息。"她神色慌张,言简意赅。

"好消息是,学生家长帮我找了一圈人,插了个队,最快后天能办离婚手续。坏消息是,房管局刚出的文件,为了打击离婚买房的行为,离婚后一年才能获得刚需资格。也就是说,即使后天顺利离婚,我们也当不了刚需,得等到明年了。"胡锦俪把手机递到他眼前,拇指上上下下,滑动屏幕。

"所以,咱们,离还是不离?"手机荧光闪烁,将胡锦俪的脸映得惨白,似乎仍然需要梁广贤来主持大局。一瞬间,似乎回到了十年前,束手无策、楚楚可怜的模样,让人心生爱怜。

"所以,离,还是不离?"梁广贤搓了搓僵硬的脸,喃喃自语。

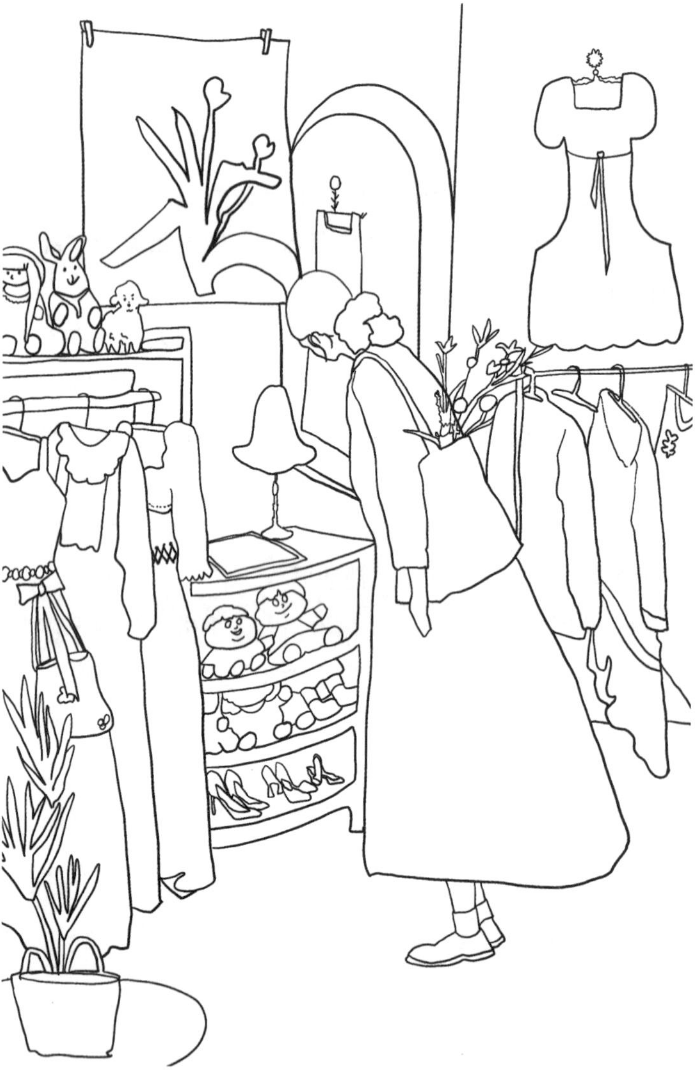

金子

张春阳总是发出像那首歌的感叹：钱，都去哪里了？

一

把樱子匆匆忙忙送进培优班之后,张春阳一时不知道去哪里歇歇脚。教室外的休息室早就人满为患,有的是陪读的家长,有的是刚刚上完课抓紧时间喝水吃饭的学生,就连教室外的铁皮椅子上也乌泱乌泱挤满了人,像春运时的火车站。这还不算,到下课的时候,在教室憋屈整节课的男孩子炮弹一样冲出,像钻进水里的鲇鱼一样,把教室外的人潮冲得七零八散寸步难行。然后就传出家长焦急的喊声:"×××,你在哪儿啊?"还好樱子是女孩,张春阳早就叮嘱她:"下课时别着急,慢慢来,不要在人群里挤来挤去,妈妈会来教室找你。"所以下课后,樱子总是在教室老老实实坐着,把课后习题提前做完,等同学都走得差不多,妈妈一定会闪进来,要么递给她一包盒饭,要么牵着她去外面随便吃点,稍事休息,开始下一轮战斗。

即使是女孩,樱子也有叛逆的苗头。好多次张春阳在教室外叫她:"樱子,樱子,出来。"她却没听见似的,直到母亲不耐烦了,她才磨磨蹭蹭地走出教室。这个年龄段的小孩,早就有了自己的想法,他们喜欢新潮和时尚,对父母老一套的做派嗤之以鼻,有的甚至敢于挑战权威,这当然"酷毙了"。在休息室里,焦虑的家长们总是就这个话题展开激烈的讨论。话题开始的方式虽然不尽相同,结束时的观点总是惊人的一致——"唉,现在的小孩啊……"话到这,大家也都沉默了,现在的小孩,都金贵,你能怎么样?一起上课的洋洋,不就是和父亲顶嘴,父亲一怒之下把他的书包扔出门外。谁想到,半夜,洋洋,身高一米七八的十二岁男孩,竟然离家出走了。洋洋的爸妈一天一夜不眠不休,又是报警又是发动亲朋好友一起寻找。哪想到这小子带着多年积攒的压岁钱，躲在网吧玩儿得不亦乐乎。洋洋爸瞪着兔子一样的红眼睛找到洋洋时，正要一巴掌拍过去，洋洋挑衅地说："你敢碰我一根指头，我就立马不上学了。"洋洋爸一哆嗦，扇出去的巴掌硬生生打在自己脸上，留下久久未能消散的五个手指印。这年头，哪家的孩子不是祖宗一样供着，又是哄又是骗，无所不用其极，只为把孩子乖乖送进培优班，进去了就是胜利。你不能把他们怎么样，你只能顺着他们。"当家长，难啊！"有人发出了这样一句感叹，大家不约而同地长叹一口气。

就连这样的议论，也是奢侈的宝贵的。休息室里不断有孩子进进出出，家长们议论这样的事，必须得躲着孩子。现在的小孩，早就结成了联盟，和家长形成对峙局面。孩子们善于使用各种通信工具，吐槽自家孩子的话，不出五分钟就能传到当事人耳里。所以，家长们叹的那一口气，也是晃晃悠悠、小心翼翼、提心吊胆、胆战心惊，一旦休息室的门被推开，那口气马上就能收住，犹如缺少低音区的交响乐。

这样的场合，张春阳大部分时候是不愿意加入的。她自认是一个少时的学霸。自认，是谦虚的说法。在三十年前的小县城，张春阳是别人家的小孩，是每次考试从未掉出前三的著名小孩。在那个没有扩招的年代，张春阳考上了重点大学，这足以证明学霸的称号绝非浪得虚名。

可是，这有什么用呢？四十岁的张春阳，曾经的学霸张春阳，还不是一样要为自己发愁，为亲生女儿的学业发愁。

在休息室里，大家也会议论一些与孩子无关的话题，比如各自的职业。在得知张春阳是一名大学老师之后，大多数的人都会由衷地感叹："嚯，你在家教就得啦，干吗这么费时费力费金钱？"对于这个问题，张春阳无法回答。说得也对，小学的课程，再难也难不过高数，难不过通信原理高数微方，她怎么就不能在家里教？可是又似乎真的不能在家里教，至于为什么，张春阳这颗理工科的大脑想不出来，也懒得去想。反正，大家干啥我就干啥，学校的老师，张春阳的同事们，没有一个是在家里辅导奥数的，张春阳当然也不例外。

所以，在跟风数落了几次当今的教育和孩子的现状之后，张春阳渐渐被休息室里的小圈子排斥了。这种排斥当然是淡淡的，但张春阳神经再大条，也是一个具有强烈第六感的女人。疏离是难免的，你一个站在教育资源顶端的人，去对教育现状挑毛病，这简直有点黑色幽默的味道，别人觉得你假惺惺也是理所当然——你把你的孩子生拉硬拽也能塞到基础教育的终点、高等教育的起点，你的抱怨也就成了故作姿态。所以张春阳的尴尬不已也是有苦难言，既然双方都无法理解对方，索性远远躲开，于是张春阳干脆主动不参加休息室的抱怨大会。她不需要抒发自己内心的焦虑，她早已习惯。

二

走出培优班的大门，阳光如同瀑布一样扑面而来。

五月的都市，太阳早已带着一丝毒辣。风吹过，道路两旁的垂柳舞姿摇摆，摇曳生辉，像一团团绿色的雾气。被风吹起的还有女孩的裙摆，姹紫嫣红，争奇斗艳。张春阳这才发现自己穿了一身不合时宜的深色长袖长裤，这套在校园里习以为常的装束，此刻在市中心显得格外特立独行。

像是躲避似的，她拐进了最近的商场。空调早已打开，略微有点凉气。她一屁股坐在旁边的高脚椅上，望着外头明晃晃的日头和光鲜夺目的女人。

"您好，女士。"背后传来了礼节性的问候。

不用转身张春阳也知道，一定是柜台的导购小姐。搁在以前，她无心搭理这些絮叨的客套。她总是说随便看看，然后借故离开，以此打发那些热情的导购，这岂止是狼狈，简直有点落荒而逃的味道。欧阳青经常给她说，你就装作你要买嘛，试试你喜欢的衣服，大不了在网上代购呗。张春阳却总是做不到，所以她特别佩服欧阳青气定神闲地试衣服，又理直气壮地挑出一个细微的毛病，把衣服放回原处的定力。

并不是她不想买,而是,实在太贵。一件大衣,抵得上全家一个月的开销,这种价格,简直令人咋舌。既然不打算买,张春阳就不能接受导购小姐的服务,她见不得那些失望的眼神,一看她就心软,像烂塌塌的柿子,无法对自己曾经接受的服务心安理得,内疚、惶恐,就想用自己可怜的工资去弥补,然后就是后悔。所以,最好的办法是不看,不看就没有欲望,不看当然也不会买。张春阳不知道商场的衣服都卖给了谁,反正不是她。而她,要么在外贸小店淘货,要么趁着双十一在天猫网购。幸好自己的工作不靠相貌吃饭,大部分的老师都打扮低调,偶尔有那么一两个穿着时尚的,反而显得矫揉造作,所以张春阳的着装还算得体。

看见张春阳转过身,导购小姐挂着职业性的微笑,殷勤地凑了过来。她大概二十出头,有一张眉清目秀的脸。张春阳不由得想起了她的学生,几乎同样的年纪,这孩子却要在社会上打拼,这引起了她的兴趣。

这是一个黄金饰品柜台,导购小姐执着地给她介绍着饰品的质地、做工、款式。张春阳无所事事地拿着金饰在身上比画着。

"您戴着这条项链真好看。"导购小姐甜甜地说。张春阳望着镜子里的自己，不施粉黛的脸看起来气色不足，在那条金灿灿的项链衬托下，竟有珠光宝气的感觉。

还真是不错呢。张春阳小心翼翼地取下项链，托在手心细细察看。项链造型非常简洁，坠子是一只蝴蝶，栩栩如生。她能想象蝴蝶在她的颈间优雅飞舞的样子，那是一种久违的少女般的感觉。

曾经的张春阳也很不喜欢金子，她觉得那种黄灿灿的光芒特别俗气。她还记得母亲去世之前，让她把久未开启的大木箱子打开。在里三层外三层包裹的手绢里，藏着一对耳环和一个戒指。那是母亲压箱底的金饰，记忆里，大概是母亲三十多岁时戴过的。当时她十岁左右，已经有了审美的萌芽，母亲白皙肥胖的无名指套着这个指环，让她想起童话故事里那些肥硕的地主婆，于是她强烈地表达了对母亲穿金戴银的反对。母亲只好难为情地取下金戒指,藏在木箱子里。想不到,这一放就放了二十多年。当时母亲已经虚弱得说不出话,还是努力用断断续续的语言,让张春阳为她最后一次戴上了首饰。戒指套在母亲手指上的那一瞬间,母亲的眼睛似乎发出了耀眼的光芒,然后让她卸下,示意她,这是留给她的遗产。

想起母亲,她鼻子酸溜溜的。大概,女人年纪一大,就格外喜欢雍容华贵的颜色和姿态。如今她长到母亲当年的年纪,没来由地,也对金子产生了浓厚的兴趣。

"何况,和其他珠宝相比,金子还可以保值啊。"导购小姐这样说。

这样一来,张春阳就为自己的购物找到了合适的理由。这并不是为了自己的打扮,而是为了家庭的投资,子子孙孙一代一代传下去。她的眼前不由得浮现出电视中的场景,饥荒年代,母亲颤巍巍地取下金耳环,交给当铺,换回一家人的口粮……

无须导购小姐多说,张春阳也知道,在物价飞涨、一件大衣动辄上千的今天,三四百元一克的金价,实在是太划算了。即使是一条金链子,充其量也就是三千多块钱,只是半个月工资而已!

在以往,张春阳是抗拒冲动消费的。按照她的消费观,花出去的每一分钱都是精打细算的。然而今天的情况不太一样,她买的是一件金饰,她不光可以自己戴,还是家中的一份投资!所以,她头一次兴高采烈迫不及待地在pos机上刷了银行卡,换回一条金链子。

张春阳气喘吁吁地回到培优班时,家长和孩子几乎走光了,只有樱子仍然坐在自己的座位上,低头看着桌子上的什么东西。张春阳想看个仔细,就蹑手蹑脚地走过去。谁料樱子听到动静,一把就把手上的东西藏在桌肚里,抬头瞪了母亲一眼。这下反倒是张春阳不好意思了,她难为情地挤出一点微笑,若无其事地说:"走吧走吧,赶紧回家吧。"

樱子磨磨蹭蹭跟在她身后。和樱子各自骑一辆小黄车,张春阳一直在回忆那个东西——好像,是一张纸。想到这里张春阳心里咯噔一下,千防万防,最怕的就是早恋，还是防不胜防。

女孩的叛逆往往从爱情开始。为了爱情，放弃学业，为了爱情，离开父母。这样的事情，教育工作者张春阳见得多了。所以，她的理念是，绝对不能早恋，哪怕是学习不好也不能早恋。恋爱了，孩子的心思不在学习上，也不在父母身上。要是仅仅只是学习不好，起码，孩子还是自己的，教训教训还能回心转意。要是早恋了，她的心完全被某个男孩给勾走了，那就完啦，完啦，完啦！

在樱子的成长过程中，张春阳对有可能引发孩子早恋萌芽的书籍、电视严防死守。樱子接触到的每一本书、每一部电视，都经过张春阳的把关。但凡是涉及男女爱情的，都被纳入禁止之列，就连公主王子这种有爱情端倪的童话，都是能不买就不买，能不看就不看。所以，在女同学们谈论韩剧、讨论时尚时，樱子是插不上话的，也压根提不起任何兴趣。她成天穿着运动服，从不和同学攀比吃穿，喜好科普读物和纪录片。隔绝了外界一切干扰后，樱子的学习成绩总是拔尖，像一株朴素的小荷。长期以来，张春阳对樱子的教育是极为自豪的,可是今天樱子的表现,让她对一切产生了怀疑。

张春阳手忙脚乱地在厨房做着晚饭,一直在思索,樱子手上,到底是个什么东西呢?

三

周敏华在IT公司上班。国内好点的IT公司屈指可数,周敏华在每一个公司都待过,这不是恰巧,是宿命。他们这一行,跳槽是家常便饭,跳来跳去,意味着薪水比以前高一截。年轻时候周敏华也很热衷于这样跳来跳去,可是年逾四十,可跳的公司和岗位越来越少,行业越来越激烈的竞争让周敏华也感受到了巨大的压力。

这个行业,在他看来就是高端民工,进了大公司,不论是本科还是硕士抑或是博士,都变成了公司这艘航母上的一颗螺丝钉,做销售的永远做销售,做研发的永远做研发,做产品的永远做产品,和流水线上拧螺丝帽、查品控的工人没有本质区别。每一年，都有更年轻更优秀的应届毕业生如雨后春笋般冒出来抢夺为数不多的就业机会，行业快速发展，知识不断更迭。年轻，就意味着有更先进的知识、更无穷的体力，可以头脑风暴，可以项目加班，可以派驻海外……而他这样的资深员工，除了具备稳健的心态和丰富的经验之外，在年轻人面前一无是处，正所谓长江后浪推前浪，前浪死在沙滩上。前不久某公司中层经理被裁员而跳楼，让周敏华心里咯噔一下，兔死狐悲的忧伤油然而生，行业的寒冬真的快要来了吗？

这种压力是要命的，周敏华在公司愈发小心翼翼，也愈发不敢在张春阳面前表露出自己的胆战心惊。

周敏华和张春阳的家庭模式中有着明确的分工，周敏华挣钱，张春阳顾家。纵使张春阳勤俭持家，纵使周敏华享受过行业繁荣期的红利，他们这个家庭也与财务自由相差十万八千里。张春阳总是发出像那首歌的感叹：钱，都去哪里了？

这是一个亘古不变的命题。在别的家庭，可能是吃了花了玩了,在他们这个小家庭里,钱,都给周敏华父母了。他父母在农村居住,年近八十,父亲卧床多年,由患有高血压、冠心病等等各种老年病的母亲伺候着。老周家四个孩子,周敏华有两个姐姐一个哥哥,他是老小,是唯一念过大学的,也是最能挣钱的。于是姐姐哥哥们异口同声:"你最小,爸妈当年供你读大学多么不容易,你不出钱谁出钱!"周敏华心一横,出就出,堂堂一个大男人,村里孩子学习奋斗的榜样,还能在背后被人追着戳脊梁骨?

有一次就有二次,有二次就有三次,无论是平时感冒发烧还是腰酸腿疼,哥哥姐姐们从一开始的偶尔照顾到因为各种琐事无法照顾,周敏华没辙,只好既出医药费又出护理费,连护工的开支也自己承担了。

张春阳当然不服,都是同一个妈生同一个爹养的,凭什么供了四年大学就要承担二三十年的赡养费用?凭什么其他子女就可以轻飘飘地撇清自己的责任和义务?她几次三番想去找周敏华的兄弟姊妹理论理论,可是话到嘴边又不知如何开口。她毕竟是个知识分子,知识分子是要脸的呢!你拿赡养父母人人有责的法律条款说事，人家就能以当地老小照顾父母的风俗推脱。什么叫作秀才遇到兵，有理说不清，就是双方的三观不同，难以界定谁对谁错。何况，哥姐没上学，一直依靠土地讨生活，要他们出一分钱，真是比登天还难。所以，张春阳不能撕破脸，撕破脸也捞不到半点好处，还不如顺顺从从服服帖帖，博一个好名声。这口气，她只能朝周敏华撒，在家里少不了嘟嘟囔囔，但是一看到周敏华那张疲惫的脸，心一下子就软了。算了算了，就这样吧。还好两个老人住在农村，吃穿用度简单，也花不了几个钱。

张春阳也没有资格向周敏华撒气。谈恋爱时，张春阳的母亲林天秀不幸患癌，手术、放疗、化疗，张春阳束手无策，在医院走廊上放声痛哭。只有周敏华，像一棵大树一样给她遮风挡雨，鞍前马后地伺候。在林天秀最后的日子里，周敏华辞了工作，没日没夜地陪护。临终时，母亲握着张春阳的手说："敏华这孩子，靠谱，你跟着他，没错。"不用母亲说，冲着这份责任感，张春阳就早已在内心把自己许配给了周敏华。

张春阳的父亲张大奇是一个很有头脑的生意人。不幸的是,他一生想赚钱,可永远赚不到钱。市场经济的浪潮席卷而来时,不甘平庸的张大奇没有半点犹豫就辞掉工厂的工作,贷款一百万开办了砖瓦厂水泥厂,一时红红火火蒸蒸日上。张大奇顺势扩大再生产,投资规模不断扩大,投资项目不断增加,小三小四小五也纷至沓来。然而资金链就如紧绷的琴弦一样,突如其来地断掉了,噩运如多米诺骨牌般席卷了这个摇摇欲坠的家庭。张春阳十五岁时,父亲酗酒身亡,"三四五们"树倒猢狲散,只留孤儿寡母对月空长叹。

那些金耳环和金戒指,就是张春阳原生家庭辉煌时期的见证。即使在最困难的时候,林天秀都不曾想过变卖。

有张大奇这样一个反面教材,张春阳在择偶时,既不看长相也不看财富,她看重的就是周敏华的责任感。她很清楚地知道,她的父亲张大奇曾经既帅又有钱,可没有责任心,又有何用?

晚上九点,周敏华才拖着疲惫的身躯下班回来。

樱子还在书桌前写作业，怕打扰她，周敏华蹑手蹑脚地打开门。坐在沙发上的张春阳听见开锁声，走进厨房，用微波炉把专门留给周敏华的晚餐热了热。周敏华在玄关处换了拖鞋，无力地坐在餐桌旁。一个红色小纸袋吸引了他的注意。

"这是啥东西？"周敏华砰地打开厨房门，哆嗦着朝张春阳大吼。

"什么啥东西？"张春阳懵懵懂懂，没有反应过来。

"我说这个！"周敏华举起了手上的金项链。

"喔，你说这个啊。"张春阳恍然大悟，丈夫一定是产生了误会，吃醋了。四十岁还能让丈夫打翻醋坛子，她略微有些得意，清了清嗓子，本想卖个关子或者开个玩笑，但看到丈夫涨红的脸，她只好老老实实交代："金子啊，我自己买的啊。"

"你自己买的，你没事自己买金子干啥？"周敏华咄咄逼人地追问。

"我高兴，不信，你看我的刷卡记录呗。"眼见一场家庭大战蓄势待发，张春阳拿起手机，翻到银行发来的消费短信提醒，递给周敏华，"喏，你看，这不就是。"

周敏华疑惑地接过手机，他的脸色由猪肝般的红色转为菠菜般的青色再转为大地般的黄色："3529，花这么多钱，你居然不跟我商量一下？三千多，樱子可以上一学期培优班。你，你，你……"话还没说完，周敏华就踢开卧室门，饭都没吃就扑倒在床上。

四

张春阳觉得，自己好像有点理解周敏华，又有点不理解周敏华。的确，她没有和周敏华商量就刷了三千多块钱，这笔钱，算得上是一笔巨款，又称不上巨款。不就是自己半个月的工资，又不是半年的工资。在以往，她确实没有私下给自己添置过任何首饰，但不代表她就该灰头土脸一辈子吧。事物是发展的前进的，人的观念也是不断改变的。虽然，对她这样不在择偶期的女性而言，在美貌上花太多时间和金钱意味着浪费，可是，这是金子哎，是投资哎，给自己买一件首饰，还是最俗气的金子。就凭她张春阳这么多年勤勤恳恳任劳任怨伺候公婆养育孩子，给自己买一件首饰又碍着谁了？就只许她艰苦朴素不许她自娱自乐？周敏华不该理解她的心思吗？

想到这些张春阳甚至有些恼怒，老黄牛还要喂点夜草呢，何况她！她决定不理会周敏华，也不原谅周敏华对她的抱怨。好在早已是老夫老妻啦，风风雨雨这么多年过来了，还能为这么一点小事闹离婚？

她端着牛奶走进樱子的房间，她又看到了樱子鬼鬼祟祟的小动作。和丈夫相比，樱子的动态才是最让她揪心的。

她不动声色，把牛奶放在樱子的书桌上，假装什么都没看见，转身离去。就算樱子个头再高，也只是一个小孩子，当妈的总是有办法。

她打开电脑，继续编写未完成的教材。从开学时就开始编写的教材，快期末了还是没有结束，每天忙忙碌碌，只有在一学期快结束时才感叹一声：又一个学期过去了。时光就这样一学期一学期地向前滚动，不会停留片刻。

张春阳从一开始就比别人起步晚。刚工作时，母亲重病，哪有心思考虑什么形而上的学术问题。后来，结婚、生子，一把屎一把尿。周敏华的工作压力比她大得多，早出晚归，起早贪黑，她也不忍心使唤他。家庭的责任只好自己扛。哪有什么事业家庭双丰收，那是有人替你负重前行。没有人把张春阳从柴米油盐中解救出来，她就永远没时间去研究什么波束赋形信道均衡polar码。

去年，学校出台新的职称评审文件。张春阳这个年龄段的老师，必须具有博士学位，还要发两篇SCI。张春阳出师未捷身先死，却没有"长使英雄泪满襟"。她先是仰天大笑，嘲讽可恶可悲又可笑的命运，却又如释重负，这下好啦，死心啦，彻底与副高无缘啦，终于不用苦苦做仿真建模造论文写综述啦。从此，她心安理得地放弃科研，全身心投入教学和家庭。

在这一点上,她特别羡慕欧阳青。欧阳青是教中文的老师。和她同时进校,两人曾经在单身公寓住隔壁。和张春阳一样,欧阳青也曾焦头烂额狼狈不堪。文科博士名额少,欧阳青连博士的门槛都没有踏进去。好在欧阳青有婆婆给她带孩子,虽然小矛盾不断,但是总归把欧阳青从烦琐的家务中解放出来了。那几年,欧阳青紧跟潮流追踪热点,发表了三篇高质量论文,以此为基础,终于中了一个关键性的国家项目。她像范进中举一样,慷慨解囊,请张春阳在高档牛排店大撮一顿。可能是精致昂贵的牛排赋予的力量,欧阳青果然"牛"了起来,终于守得云开见月明,成功上岸。

人生就是这样,一步落后处处落后,机会稍纵即逝,就像手中的沙,一个不小心,就随风飘走了。

不过这些都不重要,现在对于张春阳来说,最重要的是女儿樱子。曾经的学霸张春阳,在与更强劲的学霸竞争未果之后,唯一的全部的希望就是樱子,她盼望樱子平安顺遂,甚至能打一个漂亮的翻身仗,实现光耀门楣的崇高理想。

第二天下午没课,张春阳没有去办公室,而是回到家。家里一如既往地安静,她走进樱子粉红色的卧室,书桌摆放整洁。看得出,这是一个具有良好学习和生活习惯的女孩。

张春阳欣慰地笑笑,一个人带孩子虽然辛苦,但是值得。老人宠溺出来的孩子,往往有各种各样的毛病,自私,懒惰,自理能力差。她向来对樱子要求严格,但又不乏温柔,从樱子的学习成绩和班级表现来看,这种教育还是很成功的。

只是,那么聪明乖巧的樱子,在青春期,也有叛逆的苗头了。樱子偷偷藏进抽屉的东西,始终让她寝食难安。

张春阳坐在书桌前,轻轻地拉开书桌抽屉,仔细察看抽屉里物品摆放规律,然后把抽屉里的书本、作业、钢笔一样一样掏出来,一页一页地翻开,都是樱子的学习用品,并没有什么异常。

她把手伸进桌肚深处继续摸索,触及一个光滑的东西,她小心翼翼地把抽屉拉开,把那个东西掏出来,那是一张大约A4纸尺寸的照片。照片是黑色的背景,一个年轻的小伙子戴着黑色帽子,左手压着帽檐,右手握成拳头,很酷的模样。

早恋了!张春阳的心像跌入了冰窖。

这个小伙子是谁?她迅速拿出手机,对着照片按下快门,然后凭借记忆,按照原来的摆放顺序一个一个放回原位。

这是谁呢?印象里,樱子班上根本没有这个人啊。

五

在学校附近的红红川菜馆里,张春阳和欧阳青坐在老地方——一个靠窗的角落。在学校附近,总有这样一些不起眼但又历史悠久的小餐馆,物美价廉,量大实惠,不得不说是托了学生的福,沾了学生的光。住单身宿舍的日子里,她们常在这个餐馆打牙祭。今天上午,刚好两人都有课,下课就在熟悉的餐馆碰头,吃完饭再回家。

许久没见欧阳青,张春阳有些惊讶。以前的欧阳青不修边幅甚至衣着寒碜,恨不得不眠不休二十四小时看文献写论文。自从熬过窘迫的那几年,欧阳青好像重返青春,她画了淡妆,染黑了头发,烫了大波浪,穿着浅蓝色的真丝大摆裙,外加一副金丝眼镜,还真是有点女教授的知性优雅。

甫一坐定,欧阳青就把手放在离脸不远的地方扇着风,一边抱怨道:"这个小饭店,还是原来那个老空调,一点制冷效果都没有。"

张春阳的视线落在欧阳青的真丝裙上,在五月阳光的映衬下,连衣裙散发出高贵雍容又低调的光芒。

欧阳青察觉到她的视线,说:"我这裙子是在网上买的,不贵,就是不好打理,我还是喜欢穿你身上这种棉麻裙,轻松,随意。"

张春阳何尝不想买一条真丝裙,和商场四位数的价格相比,网上的价格非常良心。可是正如欧阳青所说,真丝的问题就是不好打理,得天天熨。张春阳哪有那个时间和闲心。白天,她要备课编教材参加各种教学竞赛和评估,还得写论文申请项目,虽然职称之梦差不多成了一个梦，可是还得时刻准备着，万一梦想成真了呢。再者，不写论文不申请课题，就连年终考核也是不好意思的。晚上，她要做家务辅导作业，陀螺一般转个不停。

欧阳青评上了副高，就意味着一切都和张春阳拉开了差距。不光是工资涨两三千，还可以名正言顺去外校做讲座，可以得到学术圈的认可，无论是继续写论文还是申请基金，有了副教授这个金字招牌，欧阳青都可以得到很大程度的青睐和便利。更重要的是，欧阳青可以招硕士，形成自己的团队，从此开枝散叶，桃李芬芳。

张春阳絮絮叨叨地和欧阳青寒暄。欧阳青却注意到她脖子上挂着的那条金项链。她托起链子仔细端详，末了点评道："不错，成色足，做工精细，款式简洁，不过，春阳，你怎么不买一个玉坠呢，咱们都四十多岁了，玉，才符合我们的年龄和身份啊。"说着，她小心翼翼地从领口掏出了自己的吊坠，那是一只小小的平安扣，清亮似水，冰清玉莹，和张春阳往日见过的玉大不相同。

欧阳青说道:"人养玉三年,玉养人一生,只有玉,才能显出我们中年女性洗净铅华的成熟魅力嘛。"

张春阳脱口而出:"平时我见的玉都是白色或者绿色,你这个怎么是透明的?"

欧阳青解释道:"这是玉的一种,叫作翡翠,我这个是冰种,顾名思义,是像冰一样剔透。"

张春阳不由得问道:"欧阳,你这个扣子,多少钱买的?"

欧阳青拧开自带的虎牌保温杯,抿了一口,眼睛瞄向窗外,似乎并不愿意回答这个问题,而后轻轻一笑,做了决定似的,神神秘秘地说:"老朋友,你可要替我保密,黄金有价玉无价,我这个玉,五位数呢。"

张春阳简直惊呆了。她万万没想到,老朋友的消费水准已经达到这样的高度,这让她更加无地自容。大概是看出了她的惊奇,欧阳青略微不好意思地说:"我也是没办法,经常去外面开会、出差,不置办点好行头,自己都觉得低人一等,这不,咬牙切齿买了个坠子,其实我真是不想戴,总是惴惴不安,外人靠近点都胆战心惊,生怕被抢被拽。唉,戴着这个坠子,就是自己给自己徒增烦恼,找事呢。"她苦笑着。

张春阳只好点了点头。她的眼前仿佛出现了一座金字塔,她昔日的朋友欧阳青,远远地把她甩在了身后。她已经错失了机会,更加无力与年轻的新来的精力旺盛的同事们竞争,从此只好眼睁睁地看着他们越爬越高,而她,恐怕永远只能像鸵鸟一样自欺欺人,像阿Q一样自我安慰罢了。

寒暄几句之后,张春阳全盘说出了此行的目的,她把手机递给欧阳青:"喏,就是这个男孩。"

欧阳青接过手机:"哎,春阳,这个小伙子,挺帅的,我怎么看着有点眼熟呢。好像,好像在哪里见过。"

说话间,欧阳青把图片传到了自己的手机里。她在网上搜索片刻,把链接发给了张春阳:"你看,就是这个人。"

张春阳狐疑地滑动手指,网络上的介绍非常详细,某著名选秀嘻哈歌手玉成。嚯,樱子追星了。张春阳总算松了一口气。

然而随着她的手往上滑动,一行黑色小字映入她的眼帘,那是歌手的自我介绍:初中辍学后,我在家无所事事,是音乐让我得到了救赎……旁边的视频里,这名歌手驼着背弯着腿,在震耳欲聋的背景音乐中哼着谁都听不懂的语言。

张春阳回想起樱子着迷的模样,内心的焦虑如丝络般将她包裹。

六

趁给樱子端牛奶时,张春阳若无其事地和樱子聊起了学习,一开始的交流是和谐的,樱子还给她讲述了最近校园发生的趣事。瞅准时机,张春阳说:"樱子啊,学习呢,一定要专心,有一些不该关注的东西,你就不要关注,比如说那个唱歌的,叫作什么玉成,初中辍学,妈妈觉得,他不是一个优质偶像啊。"

樱子的脸由晴转阴,她像不认识似的看着眼前这位母亲。时间仿佛停滞了,而后樱子腾地站起来:"妈,你竟然翻我的抽屉!"

张春阳连忙安抚女儿的情绪,她把右手轻轻地拍在女儿的肩上,温柔地说:"宝贝,宝贝,妈妈是无意中打开的。"

樱子的脸涨得通红:"不管怎么样,妈,那是我的个人隐私。"

张春阳没想到女儿会把翻抽屉这个行为上升到个人隐私的高度,在她的心里,樱子还是以前那个缠着她讲故事、上完厕所请求她擦屁股的小姑娘。樱子的鼻头变成了红色,说话也瓮声瓮气:"我就是喜欢玉成,他酷,我们班女孩都喜欢他,那就是我想要的生活,自由自在,享受别人的崇拜,而不是每天做题,上什么破培优班!你爱我吗?你根本不爱,你只爱我的学习!"

"可是樱子,妈是真怕他教坏你啊。"

"我烦透了,我不想穿着老土的运动服,不想只看动画片纪录片,你根本不了解年轻人的想法。"樱子红红的眼睛瞄了瞄母亲:"比如你这根金项链,特别土，特别俗，现在谁还戴这么 low 的玩意儿，我们班女孩，都喜欢什么施华洛世奇，什么潘多拉，那才叫高贵，那才叫有设计感。"

张春阳惊呆了，她不知道如何回应樱子的诘难。她恍恍惚惚地走回客厅，突然意识到，原来在她面前那个乖巧聪明的樱子，只是女儿的伪装，真实的樱子是那么的陌生。女儿长大了，像风筝一样向往远方，想要挣脱她的约束，而她的慈母心，就像风筝线一样，脆弱得不堪一击。

张春阳坐在沙发上，吸顶灯无力地发出迟钝的白光。她的眼前浮现出母亲熟悉的脸庞。她想起了儿时，面对她尖锐的语言，母亲无奈地卸下戒指，为爱人、为工作、为生活、为孩子操持一生，而她最心爱的首饰，则被压入箱底，直到离开人世。张春阳紧紧地捂住了自己的脸，她的心因为疼痛而麻木。她悲哀地想，也许，她这条怀才不遇的金项链，也会如母亲那些一样，再也没有佩戴的机会了……

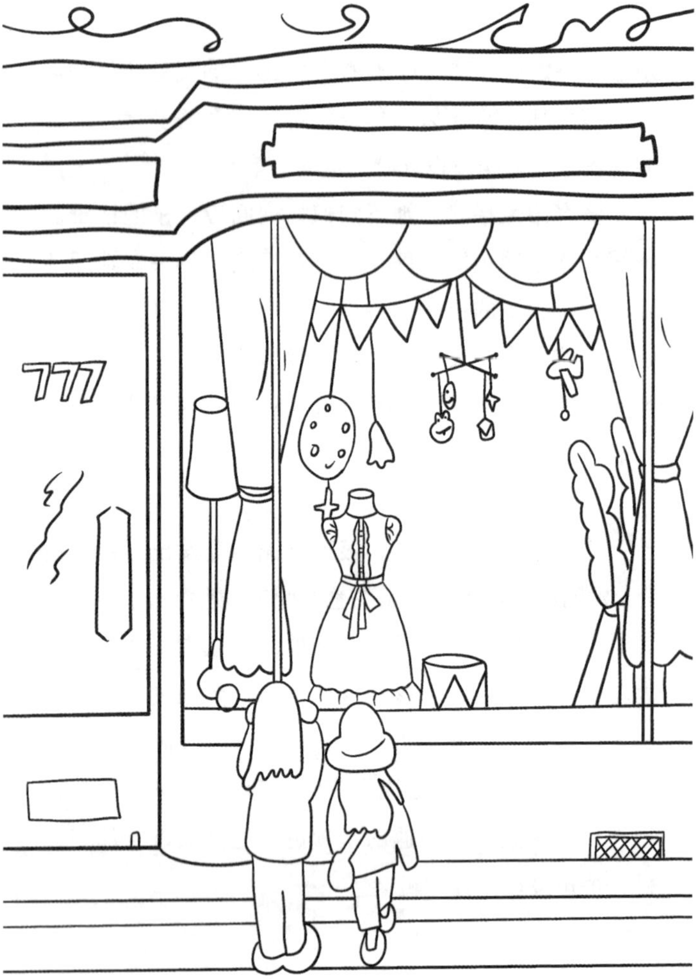
777

你是我的姐妹

你姐不容易……手心手背都是肉……你就让让她，啊？

一

妹妹决定跟母亲打官司。

说是跟母亲打官司,其实是项庄舞剑,意在沛公。这个靶子不是别人,正是姐姐。

都是钞票惹的祸。前几天,甜水巷来了几个年轻人,一人一个油漆桶,手脚麻利地在沿河的墙上刷上血盆大字——"拆"。那天晚上,全巷的人都没睡好。

父亲生前盖起来的祖屋也在拆迁范围内。本来,按照妹妹的设想,拆迁款应该归母亲。母亲今年六十八,半截埋进黄土的人。最终这笔钱还是归姐妹俩。五年前姐姐回来的时候,开了一个小店,妹妹赞助了十万块钱。说是赞助,其实姐姐一分都没出。当年约定好了,每年纯利润一人一半。五年下来,她分得了两万块钱。妹妹估摸着,这次拆迁,不管是对半分成,还是按股分成,她都应该有份。谁想到,母亲要把钱都给姐姐。

这肯定是姐姐的主意,就是想独吞。

"你姐不容易……手心手背都是肉……你就让让她,啊?"母亲变成说客,这样来求情。

最后那一声"啊",声调上扬,明明是疑问句,又分明是感叹句。像是叮嘱,像是哀求,又像是站在道德制高点的胁迫,带着一锤定音的味道。翻来覆去都是那些话:姐姐不容易,你该让着。

"凭什么?凭什么我就'该'让着!谁的钱都不是大风吹来的,我就容易吗?我一个妇产科医生,每天熬夜加班,你就没看见吗?"妹妹听得火大,气得肺疼,把手机捏在手里,放在眼前,屏幕红色的按键上,通话的秒数不断跳动,像母亲的嘴一张一合。

电话那头安静下来,短暂而诡异的宁静。母亲察觉出异样，小心翼翼地说："你在听吗？"

妹妹左右探望，确定四处无人，合拢五指，贴在手机屏幕上，形成一个狭小的密闭空间。她把嘴凑过去："我最后说一次，这事，我绝不退让。别给我打电话了，该怎么办，咱们法庭上见。"

事情怎么就闹成这样了呢？妹妹背靠青砖，眼神涣散，呆呆地看着远处。大地决定生发出丝丝的黑霾，占据天空。几经犹豫，太阳终于变得暗淡，下定决心放弃这一天，于是一切变得凝重、沉默而有预谋，就像五年前，姐姐背着包，一个人从江西回来的那一天。

那日，姐姐眼泡肿得像桃子，一看就是哭了一路。母亲也抱着姐姐一起哭，顺便给妹妹打了个电话，让她回家解决疑难杂症。

"你姐这下该咋办啊？要文化没文化，要家庭没家庭，咋活啊？"母亲抹着皱皱巴巴的脸说。

姐姐的脸上早就失去了当年的顾盼生辉，泪水没擦净，被风一吹就皴了脸，像是完成了任务后被丢在一旁的海绵，愈发透露出苦相。头发干枯地披散着，被泪水粘成一团一团的。

妹妹心里一酸一酸的，想流泪。她拍着姐姐的背，说："姐，你放心，有我呐。"

妹妹缓缓起身，把自己的计划和盘托出：在原有老宅的基础上，重新调整布局，给姐姐开一个杂货铺。这条河堤路，晚间人流量大，正好缺一个杂货铺。

"那，钱呢？"姐姐急急地问，"我，可是净身出户了。"她用袖子抹着脸呜咽着。

"我出，就当我借……不不不，就当是入股，我们合伙开个店，我出钱，你出人工。"妹妹连声道。

现在回想起来，当时这个主意，其实也有为自己考虑的成分。妹妹本身就有一张银行卡，从每年的年终奖里克扣一部分作为私房钱。日积月累，这张卡里的数字越来越大，渐渐令她惶恐起来——万一被丈夫知道，任由多少张嘴都解释不清了。拿这钱来投资，一能帮助姐姐，二能隐匿这钱的来历，三能实现夙愿。姐姐的回来倒是圆了自己的一个念想。于是千叮咛万嘱咐，对外，必须宣称是用姐姐自己的钱开起来的商店。

母亲和姐姐鸡啄米似的点头。

店开得比想象中顺利。当天晚上,她就把私房钱尽数取出,交给了姐姐。姐姐掏出一块手绢,整整齐齐地包好,又小心翼翼地把钱放进坤包。妹妹又忍不住心酸,姐姐那视若珍宝的样子,有一点寒酸,有一点凄苦,有一点谦卑,又有一点讨好……这还是当年那个姐姐吗?

如果早知有对簿公堂这一天,当时,她还会把钱交给姐姐吗?

细想起来,母亲从小就偏向姐姐。小时候的姐姐长得像个洋娃娃,头发又粗又黑,母亲用皮筋仔细地扎成两根大麻花辫,谁见了都会夸赞两句:"这头发好!"话里既夸赞了姐姐的头发,又夸奖了母亲的手艺。母亲白胖的脸就绽放开来,无比欢喜的样子。怕橡皮筋扯到头发,母亲还让姐姐挑选了五颜六色的毛线头,拇指和食指绷开黄色的皮筋,一裹一拉,皮筋在手指上滚动,毛线头也一抽一抽的,最后在头发上绽放出一朵朵小花。

妹妹也想用花花绿绿的毛线裹皮筋,母亲却不乐意,你那头发又细又黄,扎什么扎。解决方式简单粗暴,拉着妹妹进理发店里，约定好含着棒棒糖，不许睁开眼。等妹妹在镜子里看到秃瓢时，哇的一声哭了出来。

姐姐拉着妹妹一起去上学，乌黑的大辫子垂在胸前，明晃晃地扎眼。所有的夸奖似乎不怀好意，都是在嘲讽背后那个卑微的妹妹。听说生姜可以生发，姐姐便在河边的青石板上细心捣出姜汁，用小手指给妹妹抹上，边抹边轻轻吹气，把辣气吹走。

那时候父亲在工厂上班，母亲在家侍弄家务。每一寸空间都用到了极致。这个角落有个凹陷，正好搭个鸡圈；门外是一条小河，两头用细篾条编织的网子一拦，放一些鸭子；鸡粪鸭粪收集起来，当作蔬菜的肥料。父亲却出了事。喝了酒昏昏沉沉指挥倒车，刚下过雨的路面泥泞不堪，父亲一脚踩空摔倒在地上，巨大的水泥车迎面而来。妹妹记得那几天，亲戚朋友悉数到来，见过的和没见过的聚集在一起，好像参加什么重要的活动。妹妹听见了他们的窃窃私语和唉声叹气：这姐妹俩怎么活哦。

母亲顶了父亲的工。三班倒，夜班比白班能多领一点，于是选择了夜班。每晚姐妹俩搂在一起，看什么都鬼影幢幢，屋后那棵芭蕉树飒飒作响，雨声风声混杂，像不怀好意的怪物。姐姐瘦瘦小小的胳膊抱着妹妹：别怕，有姐姐呢。

所以，长期以来，妹妹对姐姐总是怀着疼爱，怀着愧疚。对姐姐好，让姐姐过得好，是她秘而不宣的愿望。

大概是姐姐读初二的时候，镇上突然流行泡泡袖白纱裙，腰间用一根粉色的丝带款款系住，白纱随意地垂下，像电视里香港小姐身穿的礼服。更可气的是，那条裙子偏偏就端端正正挂在服装店门口，故意摄人心魄，姐妹俩上学放学路过，总是忍不住多瞟几眼。不敢多看，怕被人看出自己的不舍，怕被老板殷勤地招揽，怕埋着的脸不经意出卖了她们的内心，所以要更加匆匆地走过，更加快速又锐利地扫一眼。姐妹俩知道彼此的心思，躺在床上时，妹妹说："姐，那裙子穿在你身上，一定是到这里。"她摸了摸姐姐光滑的膝盖。姐姐被挠得痒痒，支着身子，把脑袋撑在两只手上，说："妹，等我挣钱了，一定给你也买一件。"姐妹俩发挥丰富的想象力，幻想那完美的裙子穿在自己和对方身上的样子，互相夸赞，怀着美好的愿景，愉悦地睡着了。

初三的时候姐姐就没读书了，去"风满楼"当门迎。挣了工资之后，姐姐的胆子也大了起来。原本因囊中羞涩不敢踏进的服装店，也因钱包的充盈而敢于亲近。攒了许久的钱，姐姐带着妹妹终于走进了觊觎已久的服装店。那个下午，姐妹俩在店里品头论足，心虚地挑出许多瑕疵：袖子开口太大要漏出腋窝啊，下摆的蓬蓬纱不够挺括啊。穿着喇叭裤的小温州老练地应对着她们的挑剔，感叹着这衣服如何精致、成本如何高昂、产地如何高贵。价格迟迟谈不下来，姐姐底气不足，几番论战之后面红耳赤，生怕小温州看出自己的局促，于是没有悬念地败下阵来，拉着妹妹就要出门。小温州却急急地追出：看你们穿着也合身，便宜给你们吧。

不知道姐姐是何时跟小温州暗度陈仓的，直到姐姐隐秘又羞怯地给妹妹讲述了这段恋爱。姐姐瞒着母亲，把妹妹带到风满楼。小温州后背靠在椅子上，模仿小马哥的样子吐出一个烟圈。妹妹立刻拘谨起来，不知道该说什么，小温州走南闯北，世故很多，大大方方跟她握了手。

在小温州面前，姐姐无所顾忌，或故作夸张，或大惊小怪。妹妹从来不知道姐姐还有这样的一面，一点点地陌生起来。喝汤的时候，姐姐的头发垂下来几绺，小温州不假思索地帮她把头发别到耳后；上菜的时候，姐姐又自然而然地给小温州夹菜。酒店鹅黄色的灯光包裹着妹妹，食物的芳香流水般钻进鼻孔，妹妹却莫名有了一点沧桑的感觉。她知道，姐姐离她越来越远了。

母亲很快知道了姐姐恋爱的事情，并非妹妹告密，而是由于姐姐日益隆起的肚子。小温州用最快的速度关闭了店门，一屋子的衣服也不要了，连夜赶回老家，可怜的姐姐连他的身份证都没有见过。

尽管她们拼命地想保守秘密，坏事却像长了翅膀一样飞遍了全镇。妹妹考试年级第一这样的事情，是断然摆不上别人家的麻将桌的。而越是不堪入目，越是伤风败俗的事情，越容易被口口相传，尽人皆知。传闻有鼻子有眼，说姐姐如何跟小温州勾搭上，如何在服装店因陋就简就地苟合，小温州又是如何抱头鼠窜，又说小温州在老家有个怎样的老婆和孩子。故事越传越广,最后,连姐姐自己都分不清真伪了。

姐姐本是一个没什么主见的人,这下更加随波逐流了。她躲在家里,任由外面的唾沫星子乱飞。母亲每日在水泥厂三班倒,忙得前脚不挨后脚。只有妹妹整日背着书包,脊背比以往更加挺拔,作业比以往更加认真——她知道,振兴家业、光耀门楣只能靠她自己了。

二

这些年,姐姐越来越相信命运了。人仅到中年,却已度过万水千山,她无力与命运对抗,只想守着这爿小店,外面的刀兵四起就交给妹妹吧。

从前的姐姐性格活泼,离得老远就能听到她咯咯的笑声,像雨后的春笋一般富有活力,两条大辫子在胸前荡来荡去,让人心生愉悦。妹妹不爱说话,整日在房间看书。不知道什么时候姐妹俩颠了个个儿,妹妹泼辣能干,姐姐却变成了无计可施的妇人,妹妹年龄最小，却是一家人的主心骨。姐姐从江西跑回来的时候，妹妹慷慨地给她借了钱——说是借，既没有收据，也没有借条。杂货铺是姐姐赖以生存的唯一希望，她如同农夫一般守候在店里，等待着买一包烟一瓶酒的"兔子"。她把母亲精心伺候着，为了妹妹能够安心工作，让她过得好，让她每周末可以陪伴丈夫和孩子，不为家里的事情烦恼。根据口头约定，每年的利润五五分成，彼此都心知肚明，貌似公平的背后，有资助的成分。

跟小温州"分手"后，姐姐躲在屋里，把自己的全部身心都放在网上，在那里麻痹自己。她和"浪迹天涯"无话不谈，倾诉她的忧郁、失意和糟糕透顶的生活。

"我该怎么办？"面对看不见的陌生人，这头的她，只有面对未知命运的手足无措，"我不敢出门，我该怎么办？"

"你来吧，到我这里来。""浪迹天涯"说。

姐姐吃了一惊，犹如电光火石，她第一反应是拒绝，怎么能接受一个陌生男人的邀约呢？她虽然不再是黄花大闺女，但最基本的礼义廉耻是懂的。况且，江西那么远，她连省城都没有去过呢。

"来吧，到我这里来。"一次又一次，一天又一天，"浪迹天涯"发出了邀请，"我给你订火车票，你就当过来旅游，散散心，如果你玩得开心，还可以留在这里打工。"他发了一串龇着白牙微笑的表情。

姐姐纠结了很久，最后认为这是她目前唯一的救命稻草。家乡显然容不下她，她只好浪迹天涯。人，总要活下去吧，与其待在家乡被当作垃圾一样指指戳戳，不如远走高飞，兴许还有一条生路。不是有一句话吗，树挪死，人挪活。

母亲守寡这么多年，林家的门楣一直是高洁的、神圣的，在古代是要立一块牌匾的，她却往清清白白的门楣上泼了一泡屎，让一家人都抬不起头。姐姐整日不出门，污言秽语只能泼向母亲和妹妹。所以，在那个寂静无人的早晨，她拿着简单的包袱，在桌上留下了一张纸条，写明此行的目的地和"浪迹天涯"的身份证号，万一有什么三长两短，妹妹也能凭借这张纸条报警，保证她的安全。

在她出发之前，"浪迹天涯"往她的银行卡里汇了一笔钱，足够火车票和路上的花费。一路忐忑不安，行程却比想象中顺利，第一次出远门，第一次坐火车，她拘谨地把双肩包环在胸前，新奇地打量着眼前的一切，舍不得闭一下眼皮。她在网上搜索过一些网友见面的悲惨案例，却仍然固执地相信"浪迹天涯"并不是一个坏人。她在内心默默盘算，如果对方见光死，她会如何如何；如果对方嫌弃她，她会如何如何；如果对方想拐卖她，她会如何如何；如果对方想骗色，她又如何如何。有过一次上当受骗的遭遇，这一次她学乖了，让"浪迹天涯"拿出身份证，在视频里慎重地核对——田宇。

绿皮车在奔驰，车厢里的姐姐思绪纷飞：不知道妈回来没有，看到纸条会有什么样的反应……

自从父亲出事以后，母亲如老母鸡一样，抵御着生活的千军万马，吃力地保护姐妹二人。翅膀很弱，总有风雨从缝隙中漏下。为了家里的几张嘴，母亲耗费了全部力气，像男人一样去搬运、去装卸。别人叫苦不迭，母亲却心甘情愿，清晨蹬着自行车回家，累得趴在床上无法动弹。贫穷而繁忙的生活让人喘不过气，母亲曾经挺直的背变得佝偻，曾经洁白的脖颈耷拉下去，曾经宽阔的后背像一层老树皮。在外面，母亲懦弱怕事，小心翼翼。回到家，母亲总是夹枪带棒，一点点风吹草动都让她歇斯底里，心中好像总是窝着一团火，要在孩子们面前尽情发泄。贫穷和焦躁压迫着人的灵魂，无声无息，无穷无尽，让人喘不过气来。姐姐盼望长大，为母亲和妹妹遮风挡雨。然而事与愿违，自己怎么就成了左邻右舍里最被嫌弃、罪不可赦的那个人了呢？似乎瘟疫会伴随她而来，因此人们才避之不及，明明她才是受害者啊。

自小，她就从邻居的夸赞声中知道自己长得好看，她固执地认为这是她和家庭唯一的救命稻草，是她丰衣足食的唯一机会。妹妹学习好，天知道上大学要多少钱，估计是一个天文数字吧。甜水巷的人都说，女孩子家家的，差不多就行了。姐姐却不愿意让妹妹"差不多就行"。妹妹天生就是读书的料，爱读书也会读书。妹妹总是坐在院子里看书，目光踏实专注，脸上细密的绒毛裹着一层金边，姐姐的心软软的，要溢出水，要漾出来。"妹妹读到哪里，我就供到哪里。"她想。

都说小温州店里的衣服是从广东运过来的，都说他每晚数钞票数得手抽筋。小温州是她在镇上唯一触手可及的"有钱人",她要像藤蔓一样攀附他缠住他,才能让一家人摆脱命运的泥沼。何况,小温州能言会道,委实讨人喜欢啊。这镇上的男人,总是对女人颐指气使,不凶狠就显不出作为男人的气魄来。小温州就不一样,说话总是软软糯糯温温和和。南方男人细腻柔和,语言绵软,对她也是体贴入微,姐姐哪里见过这种阵仗,动机虽然不纯,自己却先陷了进去。

美貌对于穷女孩就是一场腥风血雨,匹夫无罪,怀璧其罪,生活这头庞然大物,总是不按常理出牌,命运犹如一根廉价拉链,总是拉错位置。小温州的突然逃窜,让姐姐满盘皆输。

还能怎么办呢?小镇容不下她,家里容不下她,她只有背水一战,中国那么大,总归要给她一条活路吧。

先前在网上铺垫很久,一见面就顺其自然地熟稔起来,好像双方早就是无话不谈的朋友,倒也没有陌生感。明明说好是去打工去散心,还设想过无数打工的场景,什么奶茶店啊咖啡厅啊电影院啊,都是小镇不具备的高端场所,现实中两人却只字不提,仿佛他们就是奔着恋爱而来。说不清两人的手何时绞在一起,姐姐顺理成章跟田宇回了家,田宇填充了姐姐的寂寞。

没有什么爱情不爱情的,爱情是奢侈的愿望。走投无路的姐姐只有务实的选择,先前选择小温州,是为了一条活路;现在选择田宇,同样为了一条活路。总要活下去吧,总要有口饭吃吧。她没学历没能力,仅有的资本就是那一点点青春和姿色,必须依赖这个,给自己谋一张长期饭票。与其说在镇上嫁个鳏夫瘸子,还不如舍近求远嫁个田宇,起码还年轻。

因是自己跑去的,当然就轻贱许多,老田家也是穷苦人,能省就省,巴不得白娶一个媳妇。姐姐的过去,老田两口子毫不知情,只道儿子有本事,就靠在电脑上敲敲键盘,水灵灵的儿媳妇自己就飞来了。田宇是独生子,跟着父亲四处搞装修,家庭条件倒比姐姐好一些,给姐姐也时不时拿些零花钱。左邻右舍不少外地媳妇,没人计较她的来路,都是去广州、上海打工,在厂里互通款曲,怀上了就回家结婚。

而姐姐的位子却偏偏没坐稳。生了孩子没几年，姐姐就发现田宇有了别的女人。本就是玩心极重的人，怎能守着一个女人过日子，这次是个中学同学，当年就有情愫，同学会上恢复了联系，非要离了婚再娶。姐姐哭啊闹啊，要公公婆婆为自己主持公道，老两口调转枪头对准外人——图穷匕见，外地媳妇已完成历史使命，饭吃不到一起，说话也听不懂，交流几乎为零，早就看不顺眼了，于是跟儿子的想法高度一致，不谋而合，指桑骂槐，含沙射影，明里暗里都是要把姐姐赶走。小两口本来就没什么共同财产，财产都在老田夫妻名下，早就防着怕她跑了。姐姐退而求其次，只带孩子走。这怎么可能，孙子可是命根，是香火，怎么能肥了外人的田。鉴于母亲没有经济实力，田鼎鼎由父亲田宇抚养。姐姐只好折返老家。

甜水巷的人虽然爱嚼舌根，爱看笑话，最基本的善良和宽容还是有的。当年的话题人物并没有泛起多少波澜，石破天惊的大事在现今已沦为平常，这年头女孩子未婚先孕不再是什么新闻，"带球结婚"反倒成了时髦。周妈妈家的二姑娘周姐姐，上周才办了婚礼，这周就生了个大胖小子，周妈妈乐得合不拢嘴。

满大街的不孕不育广告，能自己怀上就是本事。妹妹早已毕业，在县医院妇产科当了医生，女人的毛病，大到生孩子，小到妇科病，都得找妹妹，甜水巷的男男女女也都捎带着敬姐姐几分。有些送不到妹妹手里的东西，一筐红鸡蛋啊，一只老母鸡啊，就顺手拿来给姐姐了——姐妹嘛，谁吃了都一样。这些年，沾妹妹的光，姐姐也跟着扬眉吐气，多亏了争气的妹妹呀！

谁能想到，老房子连同自留地上搭建的小小店面就要拆迁了呢，姐姐突然感到眩晕，一切都不真实了。那个在她心中萦绕多年的愿望"咯嘣"一下跳了出来——她要带着钱，重新去法院，要回孩子的抚养权！

三

暮霭中沉坐许久，左思右想，妹妹还是决定给母亲打个电话。解铃还须系铃人，房子是母亲的，拆迁款也归母亲，怎样分配，归根结底，还得母亲说了算。电话那头，母亲还是一如既往的陈词滥调："你姐可怜啊，工作没有，孩子也没有，妈都不为自己，就希望你们姐妹俩好啊。"

"我姐可怜，钱就归她？那我也不要工作不要孩子了，我也可怜，你把钱给我。"妹妹硬起心肠。

"说不得说不得，赌气的话说不得。你想啊，你姐就靠这些钱过后半辈子呢。"

"说来说去，你就是偏向她！我非要去打官司，哪怕我不要这个钱了，我都得争个理。我出的钱盖房子，我出的钱装修，她只是跑腿出了个力，怎么就都归她了？天下哪有你这么当妈的？就只有她是亲生的，我就不是吗？"妹妹撂出狠话。

"有什么气你尽管冲妈撒啊，千万别闹出去。咱们家好不容易翻了身，不能再干傻事。你姐呀，就是想把孩子接回来。妹妹啊，你就当……你就当妈对不起你了。啊……"

母亲五十岁那年领了社保退休，从当年分文不挣的家庭妇女到现在每月按时领退休工资，扛麻袋受的罪早就烟消云散，心肠也越来越软。最初母亲是个看男人脸色的乡下妇女。男人喊东不敢西，让喂鸡不敢喂鸭,你不挣钱,就没有硬气的资本,就得像挨着墙角走路的猫,灰溜溜的,骨子里总是自卑的。自从母亲自己能挣钱以后,底气越来越足,嗓门越来越大,脾气与日俱增,全部时间投入工作和挣钱中,没有多余的精力再对她们温柔地讲道理,性情愈发粗鲁暴躁。后来姐姐去了外地,妹妹参加工作,母亲寡居,养了成群的猫猫狗狗,当年的棱棱角角被磨得像鹅卵石一样圆润。岁月啊,把母亲从软弱变得强硬,又从强硬变得软弱。尤其这几年年岁增长,身体如小二黑过年,一年不如一年,要托妹妹的关系去医院看病,对妹妹的态度慢慢有点讨好有点谄媚,像是丫鬟对主子、宫女对娘娘。奇怪的是,拆迁款这件事上,母亲竟擅作主张,非要全部给姐姐,连自己都一分不要。

一通电话没有解决任何问题,反倒让妹妹怒火冲天。自己工作忙不能经常回去看望母亲,谁知道姐姐给母亲灌了什么迷魂汤!她一再克制自己的愤怒,才没有拨通马律师的电话。

小学毕业升初一的那个夏天,也就是姐姐初二升初三那一年,母亲扛麻袋闪了腰,整日在床上呻吟。

周妈妈家的大姑娘小青，本来在"风满楼"酒店当服务员，怀孕就不干了，把姐姐推荐给张老板。姐姐顶了小青做暑期工，日日站在玻璃门外，冲着进门的每一个男女甜甜地笑，露出白生生的八颗牙齿，见人就说："欢迎光临！"姐姐把红色旗袍带回家，神秘而又羞怯地展示给妹妹，旗袍高深莫测的光泽映射在姐姐亢奋的脸上。姐姐偷偷凑近妹妹的耳根，表情因兴奋而诡异。"你猜我一个月能挣多少？"还没说就得意地吃吃笑，"我在这轻轻松松站着，比妈卖苦力还挣得多呢。往后啊，姐供你上学，你读到哪里姐就供你到哪里，姐不会亏待你的，谁让你是我的姐妹。"

姐姐果然没有食言。开学的时候，母亲伤势好转，姐姐却怎么都不愿意再去学校了。母亲顺手操起晾衣杆子就是几下，妹妹也在旁边苦苦哀求："姐，你去上学吧，怎样都要拿一个初中文凭呐。"姐姐却像吃了秤砣一样铁了心："我本来就学不进去，坐在教室里晕头转向，天天被老师训也难受，中考也考不上什么好高中，再读就是白花钱。"说完噘着嘴，被子一掀，起身坐起，抖落的灰尘飘浮在空中，如同繁星点点。

此后，不管姐姐走到哪里，换了多少份工作，每月工资的三分之一总是雷打不动地寄给母亲，留言写着："让妹妹好好读书，万事有姐。"哪怕是到了江西，都要从买菜买米的钱里，克扣出一个整数寄回来。直到妹妹参加工作，才坚定地拒绝了姐姐的好意。

妹妹叹了一声，手里的电话被捏得发烫。这么多年，孩子不在身边，姐姐看上去若无其事，内心不知多么悲凉，多么思念，多么失魂落魄。她想："我得找姐姐谈谈，毕竟，这是亲姐呀。"

四

姐姐守在店里。晌午人少，四周静悄悄的，蝉依然百无聊赖地鸣叫，像是桂子河里的水，此起彼伏。柳树依然无精打采，门前的小河依然安静地流淌，时光在这里停滞，一切还是旧时的模样。

小温州跑了的时候，姐姐已经显怀。母亲把她骂得狗血淋头。姐姐理解，始作俑者远在天边，骂了也是白骂，母亲那口气也只能朝自己身上撒。母亲被气昏了头，压根没考虑到肚子里的孩子怎么办。还是妹妹想到了，学习好的人，天生就细致认真、考虑周到。妹妹陪着姐姐，坐着长途车去了邻县的医院。

"太大了，得引产。"医生瞟了她一眼，冷漠地说。长长的针头扎进肚皮，疼痛越来越剧烈。姐姐紧紧抓住铁栏杆，牙关紧咬，满身大汗，虾米一样翻滚："疼啊，真疼啊，妹妹……你……千万……千万别像姐姐这样。一定……要好好学习，姐供你读书，你读到哪姐供到哪……"妹妹看着姐姐受苦，却无能为力，只好搂住姐姐，贴着她的脸，拍着她的后背，小声哼着歌谣：

摇呀摇 摇呀摇
我的宝宝要睡觉
小宝贝快盖好
我的娃娃睡着了

摇啊摇 摇啊摇
我的娃娃要睡觉

小宝贝快盖好
我的娃娃睡着了

　　姐姐的眼睛迷蒙了。在父亲走后的那段漫长又黑暗的时光里，她们姐妹俩彼此扶持，像灶膛前的猫一样依偎在一起，互相取暖，都以为是同一对爹妈、同一条血脉、同一套基因，就能够永远心连心手牵手走下去。后来慢慢长大，人生有了不同的方向，家庭、事业、孩子把亲情挤压到最边边角角的地方，然而经历了高高低低、起起伏伏、满目疮痍、遍体鳞伤之后，能抚慰自己的还是血脉亲人。就像树一样，即使树枝伸展得再开，根永远紧紧相连，你系着我，我捆着你，心中也永远留着一处最柔软的地方。

　　有一个人轻轻拍着她的背。这个熟悉又遥远的动作，不用抬头她都知道是谁。
　　妹妹来了。

周教授的新课题

"老公,告诉你一个好消息,咱们的二胎来了,两道杠,很明显。"还配一个没心没肺咧嘴笑的表情包,像极了台上的小毛。

一

周逢雨教授最近有点烦。

本来,他是不应该有烦恼的。在过去的三十六年里,周逢雨早就站在了同龄人中的第一梯队。

论学业,周逢雨二十六岁硕博连读顺利毕业。论事业,周逢雨三十岁副教授,三十五岁正教授,在单位连年被评为优秀科研工作者,最近都在传他要接任科研副院长。论家庭,周逢雨本科期间就和中文系小师妹林立梅暗生情愫,读博期间领证结婚,喜得贵子。

可以说,周逢雨的人生,步步为营,稳扎稳打,爱情、事业和学业三丰收。难怪鸽子楼里的邻居骆平原总是酸溜溜地说:"周逢雨的人生就像是计算机汇编语言,每一步都精确操作,踩着鼓点,踏着节拍。"

骆平原的酸是有理由的。当初,周逢雨博士甫一毕业,学校的毕业要求就提高了。而骆平原正是因为出国交流一年,堪堪赶上新标准。又比如,周逢雨评职称时,分明还只是要求省基金,轮到骆平原时,就提高成了国家基金。

种种因缘巧合叠加起来,形成马太效应,周逢雨已经是教授的时候,骆平原还在苦苦煎熬。

谁能想到,周逢雨的烦恼终究还是来了。这烦恼还恰好来自自己的衍生物——儿子周小毛。

对于这一点,骆平原颇有些幸灾乐祸。某次吃完饭,他擦干净嘴角,似笑非笑地安慰周逢雨:"你们家小毛出生时天有异象,那必然是非同小可,不急,不急,慢慢长大就好了。"

周逢雨装模作样地点点头。道理他都懂,但是,他耗不起啊,谁知道这个长大是什么时候呢?

大学家属院里都是知识分子,非博即硕,一块广告牌掉下来,都会砸中三四个博士。在这套竞争体系里，孩子的成绩向来是一个重要筹码，关乎知识分子的脸面和未来。

骆平原的儿子骆大奔，幼儿园时代就是光荣的护旗手，国旗下演讲的常客，进入小学之后，更是品学兼优的三好生。

周小毛的开学典礼，便由骆大奔主持。三好生的演讲跌宕起伏声情并茂，台下的周逢雨忍不住浮想联翩，眼前出现这样一幅场景：未来的小毛站在台上，胸前系着鲜艳的红领巾，如骆大奔般主持节目。一名女家长指着小毛问："这是谁家的娃呀？这么优秀。"适时地，会有一个女声传来："呀，是计算机系的周逢雨教授呢，果然是虎父无犬子啊。"

想到这里，周逢雨不禁挺直了腰杆，脸不由得也红扑扑的，比骆大奔胸前的红领巾还红。

不久之后，每每想起开学典礼上自己的幻想，周逢雨总要为自己的无知和乐观懊悔。

周小毛诞生之时，月黑风高，大雨滂沱，林立梅像虾米一样躺在产床上，紧握铁架子，青筋突起，阵痛袭来，痛苦不已。用力！用力！头太大，深呼吸，再用一把力,看见头发了!助产士们喊着号子。周小毛好似对人间有什么不满,非要在子宫里多逗留一会儿。

林立梅气若游丝之时,闪电如巨鸟滑过天际,眼前突然大亮,产房雪白一片,大雨如决堤般奔涌而下,随即惊雷轰隆隆从窗口冲进来。不知道是产妇受了惊吓还是婴儿得了敕令,瞬间感觉肚皮一松,周小毛滑溜溜地滚了出来,咧开大嘴哇哇大哭。

窗外雨声噼里啪啦,周逢雨攒着的汗水哗一下涌了出来。

从种种已有的迹象考察,周小毛都必须优秀。家族勉强算两代知识分子,有书香门第的倾向,在生物学意义上有遗传优势;周逢雨家庭氛围良好,夫妻二人一个教大学,一个教中学,一文一理,文理兼通;在适婚年龄结婚生子,完全满足世卫组织提出的最佳生育年龄,得到医学佐证。加上出生时那么明显的天象,让人很难不联想点什么。

开学第一天,是典型的作文里的一天,阳光明媚,万里无云。小学就在家属院,步行十分钟,周小毛心情愉悦,活蹦乱跳。周逢雨一直把小毛送到校门口,心平气和地叮嘱了几句。看着儿子被老师领进了教学楼,周逢雨提着电脑包去实验室了。

二

"这里的山路十八弯,这里的水路九连环……"高亢的手机铃声打破了实验室的沉寂。

一个陌生的女声在电话那头急匆匆地自我介绍,说是一年级三班班主任白雪。她说:"周小毛上着课,突然就跑出去了。"

"那就,把他弄回来啊!"

"弄不回来,他在地上打滚,说是肚子疼,您还是来一趟吧。直接来医务室……"

莫非早上的牛奶过期了?或者食物中毒?周逢雨急匆匆赶到学校,见周小毛气定神闲地坐在医务室床上,身上崭新的校服已经变成了沙漠迷彩,白雪老师瞪着圆眼睛站在边上。

"对不起老师,给您添麻烦了!"周逢雨用袖子擦着汗,忙不迭先道歉。后退一步,弯下腰摸着小毛毛茸茸的脑袋问："肚子怎么样，还疼不？"

小毛摇摇头。

白雪老师的表情似笑非笑，说："应该没事，今天开学第一天，班里一半孩子肚子疼，你懂得。就他最严重，课上一半就跑了出去。"

周逢雨松口气，微微皱眉质问道："怎么回事？课堂纪律是最严肃的，你倒好……"

"我去抓蝴蝶……"

"蝴蝶？"

床上蜷着的周小毛稍有些胆怯，小声嘟囔："老师讲的没意思，我坐在窗边，看见……看见一只蝴蝶飞到那个老师腿上了，我就想抓住蝴蝶，你都好久没带我进山捞鱼了……"

白雪老师补充道："那个老师，是检查开学第一天教学工作的张副校长。"

周逢雨沉吟片刻，背着手解释道："小毛这孩子啊，热爱大自然，喜欢小动物，而且呢，他……被蜜蜂蜇过，可能是误会了，以为蝴蝶要蜇领导，就忍不住……挺身而出。"

"对吧？毛……"周逢雨冲小毛眨巴眨巴眼睛。

这种语调是父子俩在家糊弄林立梅的暗语。但是小毛今天状态不好，没有领会，举手道："不对。我就是想捉住那只蝴蝶。那是一只链环蛱蝶，在咱们这地方不多见，我要捉住了，班上那几个坏蛋还不羡慕死！"

"那肚子疼呢？"白雪老师问。

"可能是传染吧。"小毛语气很老到，葡萄似的黑眼珠无辜地看着父亲和老师。

尴尬的沉默极为漫长。

最终，还是周逢雨打破了沉默："老师，请您放心，以后不会了！"

周逢雨丝毫没有想到，有了第一次，就有第二次、第三次。自己居然会成为小学的常客。自从开学第一天冲出教室之后，周小毛的异禀开启了魔盒，时不时地搞出一些匪夷所思的动作，比如在女生课本里夹一条蚯蚓，比如扔光同桌的铅笔，还有一次考试的时候，撕掉了试卷跑去操场。

当着白雪老师的面，周逢雨一次又一次在教师办公室里循循善诱："小毛，你为什么要在同学课本里面夹蚯蚓呢？"

"嗯……我就是想让子曦看看蚯蚓是什么样子的。"

"那你为什么把子轩的铅笔扔掉呢？"

"嗯……他的笔盒上面有奥特曼，我就想拿来玩玩。"

周逢雨无可奈何："那你为什么要撕掉试卷去操场呢？"

"嗯……这可不怪我。"周小毛斜瞥了一眼白雪老师，"是老师说的，考试的时候，那个穿红色衣服的老师凶巴巴地过来说，周小毛，不准扭来扭去，再扭，我就把你的试卷撕掉。哼，被老师撕掉多没面子啊，还不如我自己撕掉算了。所以，所以……我就把试卷撕掉了。后来我又想，试卷都没有了，我还考什么嘛，所以，所以……我就去操场了。"周小毛垂下了头。

白雪老师面红耳赤。"周小毛家长，请您看看周小毛的成绩。"她怒气冲冲地从抽屉里抽出了试卷，"请您看看。喏，这里，满分一百分，一共四面，周小毛居然只做了第一面和第二面，全对。但是，后面的应用题,一笔都没动,别的小朋友都在答题,他却做各种小动作。您说,监考老师该不该批评他?您说,周小毛这种情况,我们该怎么办?您说,您作为家长,不该反思一下吗?"

对于周小毛的个人问题,周逢雨拿出了学术研究的劲头,采取提出问题、分析问题、解决问题的思路。他的反击战开始了。

周小毛现在的状况,不用提出问题,问题是显而易见的。那么问题的根源是什么呢?周逢雨是一个擅长总结和反思的人,这源于他严谨的学术训练。

周逢雨首先进行文献分析,捋一捋自己的成长经历,还采取了开座谈会的研究方式,分析了林立梅的学习经历。毕竟,周小毛是他们两人共同创造出来的,也许遗传里面就携带了某种桀骜不驯的基因呢?周逢雨的分析方法非常严谨客观,既基于夫妻二人的主观回忆,又综合了第三者乃至第四者的电话访谈,采访对象包括且不限于爷爷奶奶姥姥姥爷、周围邻居、小学时期的班主任等。

很遗憾，周逢雨的文献分析一无所获。根据群众反映，周逢雨从小就是完美的学习坯子。三岁背古诗，五岁上小学，二年级跳级直升四年级。而林立梅也白璧无瑕，从小就是班干部，班长、中队长、团支部书记，大大小小的干部当了个遍。

可见，问题并不在遗传基因上。难道是基因突变？

这倒是有可能。周逢雨想起了小毛出生时那道闪电。难道是被雷劈傻了？

周逢雨当然不会蠢到带周小毛去医院检测智力——这简直是奇耻大辱。再说了，周小毛的试卷，不是有一半是全对吗？

文献分析无功而返。周逢雨直接跳到下一个环节——解决问题。

首先是场地的选择。

原先周小毛是在餐桌上写作业。这不是为了体验生活，而是因为囊中羞涩导致的捉襟见肘，两室一厅的房子，为了最大程度利用空间，两间卧室都放置了大床。按照骆平原的经验，要给孩子创造一个适宜的读书氛围，要让他一坐下就能安静地看书写字。"你们呢，小毛坐在餐桌前，就只想吃饭！"骆平原痛心疾首地说。

说干就干，周逢雨立马行动起来。次卧原先的大床被请出家门，取而代之的是专门为学龄期儿童设计的儿童桌椅和小床。

崭新的桌椅令周小毛新奇了几天。不得不说，桌椅确实挺符合人体工学原理，周小毛在精心设计的学习椅上睡得极其踏实。

"这样不行。"骆平原支着儿，"你想，他只是一个一年级的小孩，生理年龄才六岁，你把他一个人关在房间里，他肯定会分心，你得坐在旁边监督。"

周逢雨立即行动起来，在儿童桌椅旁边支了一张折叠桌，自己的笔记本电脑放在上面，一边工作一边监督，周小毛的一举一动都逃不过他的法眼。果然，周小毛先是偷偷摸摸看了看爸爸。隔着厚厚的镜片，周逢雨不动声色。周小毛便放心大胆地拿出橡皮擦。周逢雨伸长脖子，只见小毛正用铅笔在上面戳小孔，乐此不疲的模样。

周逢雨怒吼一声："小毛,你在干什么？""哐当"，铅笔橡皮文具盒掉落一地,伴随而来的还有号啕大哭:"爸爸,你干吗呀?"

周小毛坚决不让周逢雨再次坐在自己身边监督,还气鼓鼓地使出了他的杀手锏:"你再坐在旁边,我就不做作业了。"周逢雨无可奈何,只好偃旗息鼓。

硬件论以失败告终。

周逢雨再次向群众寻求帮助。宇轩爸爸语重心长:"你得强硬。子曰,黄荆条子底下出好人;子又曰,棍棒下面出三道杠。"宇轩爸爸右手扶了扶眼镜,左手恰如其分地向下劈,像是杀伐果决的大将。宇轩是二胎,姐姐前年高考,顺利考取重点大学,算是完成了学二代的基本使命。可见宇轩爸爸的经验不光有理论知识,还是经过实践验证的。

期中考试,周小毛得了倒数第一,居然还吹着口哨,若无其事地走回家。这就是把学习能力的问题上升到了学习态度的高度。周逢雨阴沉着脸,准备实行强硬论。

周逢雨首先和周小毛进行了一番对话。

"小毛,你这次考试,是全班第几名啊?"

"五十二名。"回答很诚实。

"那你觉得，你这样对吗？"

"没有什么对不对的。爸爸，不是你告诉我的吗？学习，重要的是快乐，如果考第一就要不快乐，那我宁愿永远倒数第一。"

周逢雨思索片刻，怼回去："那你怎么知道考第一就不快乐？你看骆大奔每次考试都是第一名，挺快乐的啊。"

"哼，他才不快乐呢，你看他，每天都趴在桌子前学学学，多没劲。"

这分明是秀才遇到兵有理说不清，给一个学渣讲学习的快乐和重要性，简直是对牛弹琴。箭在弦上不得不发，怒不可遏之下，周逢雨当机立断决定实行强硬论。

莫名其妙挨了一耳光，周小毛先是有点诧异，当疼痛如潮水涌动时，又有点委屈，这委屈最后转换为愤怒和咆哮："你，凭什么打我？"

这问题让周逢雨有些惊讶。他原以为，挨了一耳光以后，周小毛应该温顺，应该驯服，就像驴子一样，一鞭子下去，让往东不敢往西。然而事与愿违，周小毛的反抗精神被激起,露出坚贞不屈的表情。

"你这是家庭暴力!"周小毛捂着脸,老气横秋地说,"打小孩是不对的。"

周逢雨差点被逗乐了:"你这是从哪里学来的?"

"电视上说的。外国小朋友挨了打,父母还会被关起来呢。"

"那是外国,咱这儿是中国。"

"中国也不行,咱们有保护小孩的法律,我可以去告你。"

周逢雨无言以对。这个儿子简直是自己人生程序中永远调不通的 bug,这个函数正常了,另一个地方就必然出问题。小心翼翼修改一下,不知道会引起多大的风暴,蓝屏、死机还是全盘格式化?周逢雨开始有点信命了,这哪是儿子啊,简直就是前世冤孽。

三

时光飞逝,转眼又即将期末。周小毛的成绩依然稳定，坚守全班倒数第一。

白雪老师捶胸顿足，手指头把桌子敲得生响："你们当家长的，是怎么搞的，就眼睁睁看着孩子一天天混下去，隔壁班倒数第一还时不时换一换呢！"

经过半年的训练，周逢雨早已练就了金刚不坏之身，达到了应付老师的最高境界：他强任他强，清风拂山岗；他横由他横，明月照大江。任老师如何教训，周逢雨仍然面不改色。

周小毛既然是自己的儿子，那么，含泪也要养着。

这半年，周逢雨就是被这样伟大的信念支撑着。每当暴跳如雷气急败坏之时，他都会提醒自己：冷静，冷静，亲生的，亲生的。不得不说，心理暗示法很管用，周逢雨愈发佛系起来。

周小毛的确挺快乐的。每天开心地背着书包上学，又开心地背着书包放学，蹦蹦跳跳的样子，像一只麻雀。做作业的时候，也是快乐的，高兴的时候动几笔，不高兴的时候，铅笔一扔就跑走了。考试的时候，更是快乐的，想写多少写多少，不想写的时候，脑袋晃来晃去，像监考老师一样东张西望。快乐是会传染的。

周小毛的快乐，差点就传染给了周逢雨。每当周逢雨蹬着自行车去接小毛，看到那活泼可爱的样子都心生欢喜。而看到小毛的作业本，周逢雨的心情又会跌落谷底。他被分裂成了三份，不见小毛时平静，见到小毛时愉悦，见到作业时萎靡或者愤怒。周逢雨感觉自己已经成为一名哲学家，即将成为文学家。海纳百川，有容乃大，时而风平浪静，时而波涛汹涌；时而春江潮水连海平，海上明月共潮生；时而长风破浪会有时，直挂云帆济沧海。

每每走进白雪老师办公室时，悲凉感总会油然而生。三十年前，当周逢雨走进老师办公室的时候，胸前系着红领巾，是何等骄傲自豪的优等生。不久之前，他也是意气风发的优秀科研工作者。谁想到，在班主任办公室里，堂堂周教授只是一名灰溜溜的差等生家长，点头哈腰，低声下气。

周逢雨再次进行科学研究，提出问题、分析问题、解决问题。这一次，分析对象变成了自己。这是走投无路的办法，如果周围的人都没有问题，那么问题一定出在自己身上。就像周逢雨语重心长告诫学生一样，你的论文写不出来，问题一定不在实验室，也不在导师，更不在同学，一定是你自己哪方面没做好。

平心而论，周逢雨自我感觉相当良好，上午下午四次接送，连夜批改作业，二十四小时随叫随到，就连骆平原都揶揄他是二十四孝好老爸。骆平原分明就是五十步笑百步，骆大奔小的时候，骆平原不也是殷勤周到服务？更绝的是，在英国待了一年，骆平原的厨艺大增，把迷迭香、鼠尾草、百里香创造性地用在中餐里，宣称这是中西合璧，洋为中用。

周逢雨对此不屑一顾："君子远庖厨，这是孔子在几千年前就曾经日过的话，成天钻研厨艺，还称得上君子吗？"

"你这就不懂了，我这是英式厨房，孔夫子懂西菜吗？"骆平原辩解道。

骆大奔的英语出口成章对答如流，想必就是因为吃了骆平原带有英格兰气息的红烧肉、油焖大虾吧。

骆平原还展开了强有力的反击："你天天带着小毛去食堂，美其名曰节约时间等于延长生命，实际上就是薅学校羊毛，沾学校的光，其实就是给自己的懒惰寻找借口，你不就是懒得做饭吗？食堂，食堂是什么?"骆平原慷慨激昂,侃侃而谈:"食堂是对食材最大的侮辱,任何食材在食堂都是一个味道,谈得上因材施教、对症下药吗?在食堂吃饭就像学校的教育一样,适合大部分人,不适合那一小撮人。而这一小撮人,也许,就是精英!"说着,骆平原熟练地做出一个用手捻调料的动作。

就这样,中文系讲师用他的烹饪理论成功说服了计算机系教授周逢雨。

一听说要和爸爸比赛,小毛两眼放光跃跃欲试摩拳擦掌,异乎常态地安静下来。对于周逢雨而言,小学一年级的题毫无压力,十分钟可以做完一套试卷,难点在于,明明很简单的作业,为了不打击小毛的自信心和积极性,非得装模作样,正襟危坐,表现出一副不甘失败的样子。

多次获胜之后,周小毛获得了空前的信心,不止一次表示自己已经全面超越了爸爸。

信心带来动力。终于,周小毛屁股下倒数第一的"铁王座"动摇了,在一次次考试中,向着上方艰难地攀爬。道路是曲折的,成功是必然的,走向成功的道路是螺旋上升的——小毛偶然也会下滑几名。林立梅大呼小叫，当晚必然失眠。但周逢雨不会，掌握事物发展基本规律的周逢雨，怎么会在意这些细碎的涟漪。

又是期末家长会。天气阴沉，乌云盖顶，闷热的天气里，蝉声有气无力。

白雪老师说："这一次考试，我们重点要表扬周小毛，虽然分数较上次稍微下滑，但整体上还是进步了，所以，我们要给他颁发'进步大学生奖'！"

小毛一蹦一跳上台，咧开嘴接过奖状。周逢雨低调地扶了扶眼镜，假装毫无波澜。依据自己的模型计算和数据分析，按照一次考试上升两个位次的平均速率，再过一年，小毛就能跻身班级前列。最关键的是，孩子走上了正轨，以后就可以自己管理自己，大人就可以腾出精力专心干事业了。他迫不及待想回到实验室，去寻找那些渴求知识的脸庞；明年的先进科研工作者还要夺回来——这关乎一个教授的尊严；算一算自己距离各种头衔的年龄点还剩多少时间，成果还得赶紧攒一攒，再找几个国外合作专家……思绪不由飘远。

直到被兜里嗡嗡的震动声拉回现实。

林立梅的微信——"老公，告诉你一个好消息，咱们的二胎来了，两道杠，很明显。"还配有一个没心没肺咧嘴笑的表情包，像极了台上的小毛。

闪电如巨鸟滑过天际，眼前突然大亮，教室里雪白一片，大雨如决堤般奔涌而下，随即惊雷轰隆隆从窗口冲进来。孕育许久的瓢泼大雨终于降临了……

张章的婚事

然而三十岁就这么以迅雷不及掩耳之势地来了!

她是昨晚才意识到这件事的。就在昨晚的聚会上,刘姐介绍的那个男人在寒暄时彬彬有礼地问道:"张小姐,本想给您带个小小的生肖礼物,但不知道您属什么……"

一

三十岁的第一天,张章忽然坠入了巨大的焦虑当中。早上七点的闹钟每隔十分钟就提醒她一次,这是青春的挽歌,是岁月蓄意的折磨,张章用被子捂着脑袋,内心悲凉。我居然,已经三十岁了!

是的,再怎么逃避,也是迈入三十大关的人了。三十岁,多么狰狞可怕的年龄。再也不是十几岁的豆蔻少女,也不是二十多岁的青春女孩,而是一个阿……姨,或者妇女。

是的,这个年龄的女性,理应是一名成熟的少妇,应该有一个活蹦乱跳的孩子,再不济也应该有一个完整的婚姻，最起码也有一个固定的男朋友。而张章，什么都没有。

她害怕离开被窝，就像妖怪不愿离开巢穴，走得远了，就会被打回原形。二十岁的时候，觉得这一天多么遥不可及，然而三十岁就这么以迅雷不及掩耳之势地来了！

她是昨晚才意识到这件事的。就在昨晚的聚会上，刘姐介绍的那个男人在寒暄时彬彬有礼地问道："张小姐，本想给您带个小小的生肖礼物，但不知道您属什么……"

这个问题绵里藏针，虽然不是清清楚楚地问年龄，却可以根据属相推算年龄，像一枚画着Kitty猫的炮弹一样，准确地击中了她。按道理，她的心脏今年也三十岁了，却还是猝不及防地愣了一下，理了理刘海，淡淡地说："我属鸡。"

这句话说完她就失落地低下了头，好像听见了对面男人轻轻叹了一口气，这是一种长期历练的微妙感应，使她预知了此次相亲的命运。果然，男人喝了一杯咖啡厅免费提供的白开水之后，接了一个电话，便匆匆忙忙地离开了。

她像一棵被随意丢弃的过期大白菜，沮丧到了顶点。

咖啡厅的大玻璃窗外，是熙熙攘攘的人群，一张张脸漠然疲惫，行色匆匆忙于生计。她隔着玻璃漫无目的地看着他们，没有一个人注意到玻璃后的她。她像上帝一样注视着芸芸众生，猜测他们的悲欢喜乐。

那个男人，那么没素质没教养，三十出头，油腻腻的头发早有地中海的苗头，和他结婚，才是我一辈子的悲哀。这样恶狠狠地自言自语，让她心里好受了一些。她舍不得出门，似乎这个咖啡厅才是她的避风港。直到服务员拿着菜单过来问："小姐，请问您想点什么？"

她掏出钱包结账，踩着鞋跟五厘米高的过膝高筒靴走出咖啡厅，咔嗒咔嗒，每一步都击打着心中的那面鼓。账单上的日期是五月十六日，这让她鼻子一酸，差点掉下泪来。

在遭受了猥琐男巨大的侮辱后，又要面对时光流逝的残酷事实。每一道目光似乎都在嘲笑她的无能、她的懦弱、她的失败,以及她的年龄。在五月的阳光里,张章却感到尖锐的寒意,她耸了耸肩,裹紧了身上的风衣,还真是薄。

明天又是生日了,明天就满三十岁了。

二

张章从未想过,自己到了三十岁还没能嫁出去。

她的家乡在一个名叫甜水巷的小巷子里。这个北方小镇地下水碱性极重,喝起来竟然像加了盐一般有一股子咸苦味。但只有小巷里这口井的水,尝之竟有淡淡的甜味,传说很久以前一个仙人顾念当地老百姓生活艰难,在井里投了一颗仙丹。这口井叫作甜水井,这道巷也就被唤作甜水巷。

三十年前,张章的父亲,当时纺织厂宣传科的张科长第一次独自去南方出差,不巧刚下火车就被扒手偷走了钱包。张科长饥寒交迫,像一只灰头土脸的破皮球一样，泄掉了雄心壮志，坐在火车站一个小饭店门口，愁云惨淡，萎靡不振。

老板娘出门倒垃圾，张科长楚楚可怜泪眼婆娑地回望她一眼，唤醒了四十多岁大姐沉睡的母性。看他衣着整洁气度不凡，不像是一般衣衫褴褛的盲流，老板娘慷慨出资让他打电话通知单位前来援救，豪爽地收留他在饭店帮厨，洗碗端菜拖地擦桌子，并提供一日三餐。

白天，抄手汤圆担担面喂饱了张科长。晚上，躺在餐桌上的张科长被奇异的花香唤醒，那是一股不同于浓烈桂花香的清新隽永的味道，张科长循着香气寻找，在窗台上发现一朵小小的白色花朵，娇弱的白色花瓣包裹在翠绿色的叶片当中，这淡淡的花香抚慰了张科长连日的焦灼。第二天，张科长才得知，这种花叫作栀子花。

落魄的张科长等了三天，才等来了援兵戴师傅。戴师傅告别挺着大肚子的媳妇，英勇地坐着火车上前线拯救被困战友。一见到戴师傅，张科长便握着他的手，像劳苦群众盼来了革命军人，差点洒出几滴眼泪，随后张科长用油腻腻的双手意味深长地拍了拍戴师傅的肩膀:"兄弟,咱这件事,其他人……就没必要知道了。"

不辱使命的张科长终于完成了采购任务,那难忘的三天时光和栀子花的香气也深深地印在了张科长的脑海中。临走前,张科长专门赶赴花市,大方地出资购买了两盆栀子花,一盆给自己,一盆给戴师傅。戴师傅客气再三,终究还是收下了那盆贿赂他保守秘密的花。

说来也怪,回到那个阳光明媚的北方小镇后,戴师傅那盆花迅速干黄、枯萎,没几天叶片就像深秋的梧桐叶一样,用手轻轻一碰便飘落了。而张科长那盆栀子花则一直旺盛而繁荣地活着。每年五月,栀子花如约而至,在为甜水巷奉献了罕见的香氛之后,七月又依依惜别。

那一年的七月,伴随着栀子花的香气,张科长的爱人肚子渐渐大了,在第二年的五月,又是伴随着栀子花的香气,张章呱呱坠地。

小镇的人都说,甜水井不光养花,还养人。张章的父亲张科长身材修长，却长了一副显眼的龅牙。母亲李大姐牙齿整洁，却长了满脸的雀斑。张章巧妙地避开了父母所有的缺点，精准而完整地继承了他们的优点：她像父亲一样身材修长、皮肤白净，又像母亲一般，牙齿如贝壳一样洁白，双眼如杏仁一样明亮，就连头发都是整整齐齐，没有一丝旁逸斜出。

这大概就是甜水井的神奇吧。

戴师傅保守了张科长的秘密，但那个求救电话造成的流言蜚语仍像栀子花香一样在小镇中隐秘地传播。人们交头接耳，在背街小巷添油加醋地传播着诡秘的消息，到这个消息再传回张科长耳朵里时，已经演绎成这样一件轶事——张科长嫖娼不幸被抓，戴师傅拿钱英勇救人。

张科长气得差点呜呼哀哉，又无力反驳，只好听之任之，任由此事随意传播。好在，李大姐是绝对信任张科长的。

李大姐的信任建立在仰慕的基础之上。两人都在纺织厂工作，一个是工人，一个是宣传干事，是当年不可多得的高中生。促成这桩婚姻的第一推动是李大姐的父母，他们都是纺织厂的老工人，看重识文断字的张科长，便将女儿许配给他。李大姐对张科长崇拜极了，对这桩婚姻满意极了，凭什么？就凭张科长是一个文化人，是知识分子。

李大姐保存着张科长发表在县报的一个小豆腐块，那是一首诗：

> 远方有太阳
> 也有理想
> 我应该趁年轻时，四处闯荡
> 四海捉鳖
> 五洲震荡
> 等我暮年回到家乡
> 想捡起童年的时光
> 却再也找不到，你带笑的脸庞

这首诗写于张科长的高中年代，这难道不是知识分子的有力证明？

这也能说明，为什么张科长给女儿取名叫作张章。

这个"章",乃是"下笔成章"的"章",乃是"云锦天章"的"章"。对这个名字,李大姐也是很骄傲的,哪像戴师傅的女儿戴芳芳,听名字就透出一股子俗气。

戴芳芳比张章大半岁,戴师傅千里营救张科长时,她还在肚子里,不多久就迫不及待来到人世。戴师傅是张科长刚进厂时的师傅,修理纺织机的技术了得,但学识有限,如这个镇上的大多数人一样,给女儿取名芳芳。人如其名,戴芳芳不是"群芳争艳"的"芳",而是"落花芳草无寻处"的"芳"。她长着一张普普通通的扁平脸,又长着一个普普通通的塌鼻子,还长着一双普普通通的小眼睛,终于凑成了一张普普通通乏善可陈的脸。

张章和戴芳芳是最好的朋友,如同张科长和戴师傅。

在张章十岁左右,一夜之间,下岗如潮水一般忽然涌向全国的中小型企业,纺织厂也未能幸免。张科长像被贬为庶民的大臣一样开始满面愁容,而戴师傅却在市场大潮中如鱼得水,他手把手地教张科长怎样做韭菜盒子。每天凌晨,他们蹑手蹑脚地出门,骑着三轮车,拉着二人的妻子,裹着张科长亲手绘制的广告牌,奔赴县城的居民区,为匆忙上班懒得做饭的城里人送上热腾腾的韭菜盒子。

第一次蹬上三轮车,文化人张科长心中有着虎落平阳烈士暮年的悲伤。但这悲伤很快就被手头这把零零散散的钞票驱散了,他惊奇地发现,居然比在纺织厂当科长挣得多一些。

尽管如此,在冬日凛冽的寒风中,张科长仍然热血沸腾,发誓一定要把张章培养成大学生,继而成为坐办公室的真正的文化人。

三

张章是个让人省心的孩子。

在父母叫卖韭菜盒子的清晨,张章伴随着闹钟声一骨碌爬起,有条不紊地穿衣服、刷牙、洗脸,而后打开电饭煲,里面是父母临走时煮好的稀粥和水蛋。她吃完饭,再涮完碗,总是在七点半准时出门,像纺织厂那台精密运转的缫丝机。

出了甜水巷往左大概五十米,是戴芳芳的家。张章敲门时,戴芳芳才迷迷瞪瞪从被窝中爬起,手忙脚乱地洗漱。张章并不着急,拖着椅子坐下,打开书包。伴随着戴芳芳急吼吼的大呼小叫,她安静地预习当天要学的功课,直到戴芳芳手忙脚乱地抓着书包捏着冷馒头冲出家门。

她们总是在上课铃声的最后一响时进入教室。

当然,这是二十年前的事了。

张章二十岁那年,戴芳芳嫁了人。丈夫是红玫瑰理发店的老板小王。小王是县城的潮人,有着一头柔顺的披肩长发,时常穿着一条紧绷绷的牛仔裤。

那时戴芳芳职中毕业,在红玫瑰理发店学习理发,和小王有了一段突如其来的爱情。起初戴师傅并不满意,嫌弃小王是一个低端手艺人,但经不住戴芳芳的软磨硬泡和小王的糖衣炮弹,最终答应了这门婚事。谁能想到小王的理发事业越做越大,最后甚至在市里开上了连锁店呢?

戴芳芳出嫁那天,邀请了最好的朋友张章当伴娘。那时候张章已经参加工作。周五,她急匆匆地坐上火车回到老家,来不及喘一口气,就开始熟悉婚礼场地。职中毕业后戴芳芳迅速变胖,胖得让租来的婚纱外缘挤出一圈圈的肥肉,勒得她的肚子像是马上要撑开一样,但这并不影响她成为一个笑靥如花的新娘。

在张章看来,这场婚礼无疑是俗气的。那时她已经在城里待了四年,她欣赏那种简约大方的风格,戴芳芳大红大绿的婚礼实在达不到她的美学阈值。令她不安的是,小王那双不安分的眼睛时不时地瞄向她。于是婚礼结束她就匆匆离去。

从那以后,她就多次憧憬自己的婚礼。很显然,未来属于她的那场婚礼,一定要极尽简约,除了白色,还应该有各种温暖的颜色。婚礼应该是在草坪上,宾客言笑晏晏,巧笑倩兮美目盼兮,举着高脚酒杯温言细谈,有礼貌地轻轻一碰。而这,首先就需要一个和小王截然相反的丈夫。

她理想中的丈夫,首先要高高大大,这是先决条件,这样站在一起才不会显得突兀。其次,要学历相当,比她高是最好的,学历高,才能儒雅。再次,一定要有钱,否则,怎么买得起房?怎样举办那样一场优雅的婚礼？

婚后的戴芳芳愈发地胖，也许胖子能够旺夫，小王的理发事业居然越做越大。他实行会员卡制，充值五百元可以享受理发烫发八折优惠，一千元则半价，于是钞票源源不断飞向红玫瑰理发店，后来变成红玫瑰理发中心，再后来变成红玫瑰国际美发中心。小王的头发也越来越短，越发精神抖擞，甚至搞了副平镜戴上，看上去像是一个儒雅的文化人。

张科长总是有意无意地在张章面前说："这个戴芳芳，还真有点福气。"而张章对戴芳芳的态度，竟在无意中发生了变化，她渐渐疏远了这位当年的好友，这恐怕是源于人类的虚荣心：这位当年处处不如她的好友，竟然……比她过得好……

张章自然是谈过恋爱的。这个甜水巷的美人，不光人美，学习也不错。按照常理，美丽与智慧往往不能兼得，潜台词其实是，漂亮的女孩在学习上容易分心。张章并非不向往爱情，而是，她向往圣洁且体面的爱情。那些瘦弱得像黄豆芽一样的男孩，那些被一道难题纠缠住的男孩，那些衣着不体面的男孩，她统统瞧不上眼。

她向往大城市，灯红酒绿，衣香鬓影。夜晚的路灯鳞次栉比，白天的行人摩肩接踵，咖啡厅温暖明媚，蛋糕房芳香四溢，还有温和体贴的男人和时尚独立的女人。每每张科长向她述说当年在那个城市遭遇的传奇，她就心生向往，期盼去那个城市看看。她知道，以她家的经济实力，无论如何不可能让她去旅游，她唯一的机会就是通过考学离开小镇，去那个城市。这就是她心无旁骛地学习的动力和信念。

她毫不犹豫地在高考志愿上填报了所有有关那个城市的学校，最终如愿以偿。李大姐有些不舍，张科长发出了平素难得一见的大笑：我的女儿，还是随我。即将离家的那个暑假，张章被梦想实现的巨大惊喜折磨得夜不能寐。当一家三口拖着沉重的行李，迈着肿胀的双腿走下火车走向校车时，陌生而繁华的城市和穿着白衬衫的男孩差点让她热泪盈眶，像一个久未归家的游子。

男孩名叫林阳，是她的师兄，也是她的初恋。

少女时代,她梦想中的男孩就是林阳这副模样。高高瘦瘦,戴着斯斯文文的黑框眼镜,穿着白衬衫牛仔裤,在草地上弹吉他,在窗台上写诗,是球场上的冠军和学习上的好手,眼神忧伤而哀怨,像是骆驼的眼睛。她混在欢呼呐喊的观众中,羞涩地为获胜的师兄递上矿泉水,而林阳也臊得满脸通红。

他们很自然地成为一对恋人。然而如同所有不食人间烟火的校园恋情一样,在毕业时面临着艰难的抉择。

张章认为,林阳是被大城市的房价吓得落荒而逃。实际上,在最初的甜蜜之后,张章对林阳的家境略显失望。林阳的家庭与张章极为相似,同样来自小镇,同样是工人家庭,更糟糕的是,林阳父亲早逝,和寡母相依为命。张章把初恋向父母和盘托出后,遭到了父母的一致反对。张科长在电话那头,低沉着嗓门,怒气冲冲地说:"这样的家境,他怎么买房?"没有家庭强有力的资助,年轻人想单枪匹马在这个城市买房,无疑是天方夜谭。

张科长斩钉截铁地说:"分!必须分!"

其实,张科长不了解的是,林阳压根没有在这个城市拥有一套房子的奢望,他完全不明白,更不理解张章留在城市的决心。林阳始终认为,家乡才是他的归宿。他的父亲生前是个小领导,终日忙忙碌碌应酬不断,哪知下乡时突发脑梗,徒留孤儿寡母尝尽人情冷暖。经历了大喜大悲,林阳变得认命,他认为人生无常,不奋斗也能度日,奋斗却可能摔得更惨,比如他的父亲,如果不是废寝忘食地工作,怎么会年纪轻轻因脑梗去世?与其这样,还不如轻轻松松混日子,今朝有酒今朝醉,不争不抢,一切随缘。

按照他的想法,能够回到老家,拥有一份稳定清闲的工作,就是世间最大的幸福。人生在世,不过一日三餐。父亲的死,除了给他一笔赔偿金之外,还让他开始信奉人生苦短及时行乐的人生哲学,这哲学自始至终贯穿着他的人生——考试永远六十分万岁多一分浪费,余下的时间,他打篮球、弹吉他、搞写作,却唯独不在学习上下半分功夫。让他发愤图强节衣缩食买房,这不是要了他的命嘛。

好不容易凑凑活活拿到毕业证学位证，他头也不回地钻进返乡的火车，隔着玻璃，用忧伤好看的骆驼眼深情地回望了张章一眼，便拉上了窗帘。

没来由地，在林阳断然返乡的那一刻，张章想起了小王那双不安分的眼睛。这世界荒谬极了。大字不识的小王资产百万，而大学生林阳被迫离开城市。

直到有一天，戴芳芳给她打了一个漫长的电话，哭诉小王与店里洗发妹的龌龊事。电话那头的张章居然有一丝丝隐含的快意，她假意安慰了戴芳芳一番，挂掉电话，躺在和林晓莉一起租下的合租房里，内心涌上些许平静。

四

林晓莉是她的室友，大学时代的室友和工作后的室友。

林晓莉是一个南方姑娘。她身材娇小，胸却异乎寻常的巨大，这显得她举止笨拙。她的皮肤吹弹可破晶莹剔透，鼻翼却有一片小小的雀斑，让她的脸平添了几分活泼的烟火气。

张章自然是比林晓莉漂亮的。张章交友的原则之一是不能比她好看，否则就是夺了她的风头。电视里不都演了嘛，哪有丫鬟比主角好看。她们的友谊始于大学时代，在她和戴芳芳逐渐疏远之后，林晓莉适时填补了戴芳芳的空缺。她们互相为对方签到，在临近考试的夜晚一起挑灯夜读。

毕业后，她和林晓莉租住在离母校不远的老式居民楼里，这也是她们在这座城市最熟悉的地方。她在图书公司工作，而林晓莉就职于广告公司。她们一起上班，晚上一起在租住的房子里煮火锅熬银耳汤，一起追韩剧敷面膜，为对方的相亲和恋爱出谋划策，像是学生生活的延续。

张科长的安慰并不能使她从初恋分手的打击中恢复，真正让她忘记林阳的是李明亮。

李明亮是一个富二代，从澳洲留学回来后进入家族企业。李明亮见过的美女不可谓不多，可他偏偏就是对张章情有独钟,照他的话说,张章就像栀子花一样清新脱俗。张章对于这个评价心领神会,她穿上白衬衫,扎上白丝绢,在无数个爱意萌动的夜晚欲擒故纵地推开了李明亮。

林晓莉艳羡地说:"还是张章你运气好哦,很快就要搬出我们这个小破出租屋了。"是的,好风凭借力,送我上青云,在张章眼里,李明亮就是那股好风,能够让自己过上想要的生活。

但令人感到讽刺的是,最早搬离出租屋的竟然是林晓莉。

回忆往事,张章自始至终都想不明白林晓莉和李明亮是什么时候瞒着她在一起的。当时李明亮为一件琐事态度坚决地提出分手,没几天,林晓莉支支吾吾地说要回老家工作,于是搬离出租屋。张章躺在床上为接连失去爱情与友情悲伤不已。半年后,同班同学打来一个八卦的电话:林晓莉生孩子了,丈夫姓李。

如同一道闪电划过,张章才把所有的怀疑串联起来。林晓莉艳羡的口吻,李明亮暧昧的分手,三人一起吃饭时吞吞吐吐的话语,如同所有的狗血剧一样,当事人永远是最后一个知道真相的人。张章想起了那个加班的夜晚,她掏出钥匙正要开门,李明亮正好从屋里出来。他的解释是过来找她,她不在。

这样的白天和夜晚,一定还有很多。

张章请了三天假,在出租屋里号啕大哭了三天。仿佛一瞬间,她明白了人性的险恶,她反复追问自己,林晓莉为什么要那么做?答案是显而易见却又难以承受的,也是林晓莉一直挂在嘴边的——青春易逝,好好把握。在短暂的痛苦之后,她陷入巨大而漫长的自责及懊恼之中。林晓莉并非国色天香,论姿色论才情远不如她,之所以能够上位成功,凭借的不就是先下手为强。如果她不那么矜持,不那么故作姿态,如果她不执拗于"如栀子花般纯洁",胜利的果实理所当然是属于她的。

五

从那以后,张章经历了一段很长时间的空窗期,她从那间令她伤心欲绝的房子里搬出,另一个理由是无力负担两室的房费。她租了一个单间，孤独地一个人上班，疲惫地一个人下班，早九点晚六点，像是一台冷漠精准的机器。

张科长自然是焦急难耐。时光荏苒，张科长依靠自己改变命运的可能性几乎为零，他迫切地希望张章为他打一场翻身仗，在老邻居老同事面前扬眉吐气。眼瞅着这几年戴芳芳给家里添置了最新款的冰箱、洗衣机，又出资在镇上新建的商品房小区购买了一套坐北朝南的大房子。戴师傅邀请张科长参观新房时，张科长假意奉承，内心不屑一顾。在女儿们的婚事面前，他们当年坚不可摧的友谊随岁月生锈、风化、湮灭。

戴师傅问："老张，何时喝你闺女的喜酒啊？"

张科长总是笑着说："不急不急，这种事精挑细选，得慢慢来啊。"

很显然，张科长和戴师傅或明或暗地较着劲。戴师傅以成功者自居，洋洋自得于能挣钱的女婿，还时刻提防张章的迎头直追。在早餐市场上，戴师傅早已金盆洗手，成为后来者口中的江湖传奇。可是戴师傅仍然很忙，他忙于在小王的各个分店里围追堵截，把洗头妹们的爱情扼杀在萌芽阶段，帮助女儿捍卫家庭的尊严。

张科长仍然延续着风雨无阻的早餐事业，他自学了煎饼果子技术，和李大姐一起扩大了经营品种，及时填补了戴师傅离去造成的市场空白，这倒是带来了不少的收益。

在电话里，张科长按惯例痛心疾首地自责没有指导张章把握二次投胎机会后，又及时鼓励张章：你的人生境界和社会地位哪是戴芳芳一家所能企及的，小王算个啥，不就是有几个臭钱，说到底还是个剪头发的，人品低劣道德败坏！张章你可要争点气，咱不着急，好好挑，慢慢选。

张章何尝不想在婚姻大事上争口气，奈何这口气不是她想争就能争。她看上的，不一定看上她；看上她的，她不一定看上。这两句拗口的话简直填满了她空窗期的数次相亲。

随着岁月的流逝，张章悲哀地发现，可选的余地越来越小，年轻的漂亮姑娘就像韭菜一样一茬一茬地冒出来,因为年龄被拒的概率则是一次又一次地增大,她可选择的余地一次又一次变小。在这个物价飞涨的年代,在这个行色匆匆的城市,男人,能答应和你见面,能消耗时间陪你坐下来喝一杯咖啡,能主动结账,已经是对一个即将迈入三十大关的女人的最大恩赐了。

六

三十岁这天,任由闹钟响了一次又一次,张章仍然思考着自己的人生。她给主任发了一条短信,说自己因为感冒而无法上班。她躺在床上,老房子的水泥墙斑斑驳驳,朝北的房子终年见不着太阳。她想起了李明亮那间明亮的卧室,不禁悲从中来,要不是当年的失策,那间明亮卧室的主人就是自己了。

"我一定,一定会找到更好的丈夫。"张章攥紧了拳头。

这一天,张章痛定思痛,决定不再做无谓的等待,而要主动出击收获自己的幸福。她打开电脑,在婚恋网站上注册了账号，ID叫作"寻找幸福"。她认认真真填写个人信息，并上传了一张自认为还不错的照片。照片上的张章，眼神里有无限的期待。

几天时间，张章的信箱便塞满了邮件。经过一番筛选，她对"时光印记"产生了浓厚的兴趣。"时光印记"三十五岁，照片上，他留着干净清爽的寸头，衣着休闲，在海边的阳光中灿烂微笑。他们约好去喝咖啡。

还是那家她熟悉的曾经带给她屈辱的咖啡厅。"时光印记"如约而至。他的发际线已经上移到头顶，只有两个鬓角还有些头发，于是他欲盖弥彰地使用了地方包围中央的小把戏。他们在靠窗的双人座上坐了下来，甫一坐定，他便伸出右手，用力地握了握张章的手。而她则凭借女人的直觉从他的眼中读出了一丝欣喜。对于自己的外貌，张章一贯是自信的。

在咖啡厅淡黄色的灯光中，"时光印记"做了简单的自我介绍，他叫冯书辰，经营一家小型外贸公司。看得出，他也是出入相亲场所的常客，恰到好处地把握了初次见面的节奏而又不失幽默。在最初的寒暄之后，他们聊了聊彼此的感情生活。冯书辰此前有过一段刻骨铭心的恋爱经历,和女友谈婚论嫁时,准岳父母嫌弃其家贫,被迫分手,而后发愤图强,创建外贸公司,事业小有成就。

"男人,就应该奋起直追。"他抿了一口咖啡,叹了口气说。说话间他用拳头象征性地敲了一下桌子,使手边的车钥匙更加显眼。

张章不动声色地瞥了瞥,嗯,四个圈。

这让张章想起了那些远去的岁月和青涩的年华。平心而论,在无数个辗转反侧的夜晚,在经历过无数次被领导训斥、在异乡打拼的孤独岁月之后,张章是怨恨林阳的,他但凡有一点点进取心,像冯书辰一样敢于在城市拼搏,两家共同出资,必然能够在房价不太高的当年凑够首付,早早地结婚生子。

于是张章对冯书辰心生敬意。她很难说清楚她和冯书辰恋爱,是出于对金钱的崇拜还是对婚姻的渴求,只是有一点可以确定,她不爱他。

恋爱本来就是一件奢侈的事情。恋爱,应该是两个人从最初的对视到羞涩的微笑再到青涩的亲吻,那是属于年轻人的漫长的把戏。成年人这么忙,一切都要讲求速度。结婚就像两个人合伙开公司,责任和义务明确,就直奔主题了。

冯书辰的房子正在装修,污染严重,在向张章展示了位于市中心的毛坯房后,他一头钻进了张章的出租屋,开着奥迪接送张章上下班,时不时手捧一束鲜花送到办公室,代表名花有主。张章在年轻同事的艳羡声中收下花,心头涌上阵阵得意,像拍打沙滩的浪花一样。

过年时,张章和冯书辰驱车两天,回到老家。在那个小镇,这无疑意味着即将谈婚论嫁。整个甜水巷沸腾了,大家纷纷说,还是张科长家女儿养得好,长得漂亮,收入了得,还嫁得好。张科长更是扬眉吐气,他破天荒地没有出摊,为即将到来的家业重振兴奋不已。张科长多年未发的诗性澎湃而出,不由得又作诗一首:

栀子花的美

不在其形,也不在其香

在于每一个黑夜里的
默默孤芳自赏

最黯然神伤的恐怕是戴师傅。在尝到会员卡制的甜头后,在一个月黑风高之夜,小王为了爱情携女伴私奔了,留下戴芳芳收拾烂摊子,应付黑压压一群双眼放光来退款的会员朋友,意外达到了不花钱迅速减肥的效果。

因着冯书辰和他的奥迪车,张章的这个年过得既舒心惬意又扬眉吐气。走在家乡狭窄的街道上,张章与贫穷卑微的童年作别,迈向幸福的康庄大道。出于内心的激动,张章觉得冯书辰的秃顶似乎也挺可爱。聪明绝顶,这是智慧的象征。大年初四,在开车返回的路上,冯书辰接到一个电话后便面露难色,张章催促再三,他才犹豫不决地说:"一个订单出了问题,需要给客户赔偿五万,但现在资金周转不开啊。"

"那还不容易,我借给你啊。"张章想都没想,脱口而出。

收到转账的冯书辰喜出望外，他忙不迭地说："哎呀张章，你可真是一个好老婆啊！"

从女友变成老婆，这个称呼让张章心花怒放。若能吃定冯书辰这只金龟，这五万块钱，花得值！

让张章想不到的是，那是她最后一次见到冯书辰。

自此以后，冯书辰就像一滴水一样从世界上蒸发了。起初张章以为整夜没回来的冯书辰手机没电了，而后给他打电话，却提示"您所拨打的电话是空号"。张章慌了神，凭借依稀的印象找到冯书辰曾经带她去看过的所谓的房子，房东竟然另有其人。她跑到派出所，想通过名字查询行踪，却是查无此人。

房子、车子、名字，全是假的！张章像是经历了一场噩梦，梦醒了，什么都没了，只有自己银行卡里真真切切地少了五万块钱。

七

时隔多年,张章还是会想起冯书辰,并非心疼五万块钱,而是琢磨他那并不高明的骗术。

张章但凡有一点点头脑去证实他的身份,冯书辰那些小小的把戏根本经不住推敲。然而,冯书辰就是那么轻易地骗取了张章和父母的信任,他虚构了一个他们所希望的男性形象,多金,能干,竟然还忠诚。外表上的其貌不扬反倒增加了他的可信度。然后,他还适时地制造了一场危机,让张章情不自禁地拿出金钱,作为顺利进入婚姻的保障。就像钓鱼一样,虚荣的鱼儿尝到了甜头,最后心甘情愿地自投罗网。

经此一役,张章对自己的婚事不再抱任何希望,她每天平静地上班下班,寄情于工作,不断升职、加薪。在这个孤独的城市,马桶坏了,地漏堵了,这些以前认为只有男人才能解决的问题,似乎都可以雇人来解决,生活中没有男人,也一样能够过下去。她感到,像林阳那样诸事随缘、安于现状、庸庸碌碌的人生并非不可取。如今，她对爱情的无欲无求，正同当年林阳对于学业和事业的态度一样。

父母也不再谈论张章的婚事。面对亲朋好友的追问，他们支支吾吾。好在很快小镇又冒出新的轶事，冯书辰的新闻也就淡了，渐渐消失在人们的记忆中。戴芳芳和小王离婚了，她结束了自怨自艾的家庭主妇生涯，带着孩子重操旧业，另开了一家"白玫瑰理发店"，当年的老板娘亲自操刀，大有与"红玫瑰国际美发中心"分庭抗礼的架势。张科长和戴师傅修复了早夭的友谊，闲暇时遛鸟、钓鱼、养花，过上了无忧无虑的退休生活。

张章三十五岁那年，拿出全部积蓄，在市郊首付了一套八十平的两室一厅。房子不大，但是光线充足，这让她想起了李明亮那间朝南的大卧室。她专门飞回老家，把那盆个性十足的栀子花带回了属于它自己的土壤。把花移栽到南方的那一刻，她似乎听见了生命脆生生的欢呼，每一束枝条都在尽情舒展，每一片花瓣都在旋转舞蹈。

闻着悠然的花香，张章坐在木地板上，一边翻着书，一边享受着属于自己的房子和阳光，她忽然觉得过往的自己幼稚可笑。无论是因高房价落荒而逃的林阳，还是见异思迁的李明亮，抑或是骗术拙劣的冯书辰，都是彻头彻尾的懦夫，他们要么对自己不自信，要么对感情不忠诚，要么通过坑蒙拐骗获得财富，当年她怎么就会想着依赖他们呢？

靠别人，永远不如靠自己。

张章觉得自己的思想进入一个新的境界，她在这间属于自己的房子里欢呼着，雀跃着，她把床单揉得乱七八糟，又把窗帘拉得横七竖八。谁让她是这间房子的主人呢，谁让她拥有绝对的任性呢。

她像个小孩一样冲到阳台上，打开窗户闭着眼睛放声大叫——啊哈！

对面传来怯生生的声音："你好，你是我的新邻居吗？"

张章睁开眼，对面的阳台上站着一个与她年龄相仿的男子，穿着浅蓝色的衬衫，狠狈地把衣服从洗衣机里取出，挂在晾衣绳上。

张章心头蹿出一头小鹿，咔嗒咔嗒，在洒满阳光的房间里奔跑。

天外来客

洋葱太辣了。她自言自语。

她走到窗边,抽出纸巾,擦拭自己的脸庞。正是一天中太阳最炽烈的时候,这位天外来客慷慨大方,播撒自己的能量,驱赶一切黑暗与混沌。

顾茵梦的声音软软糯糯的,像是捏着喉咙说话,细细小小,需要把耳朵紧贴着屏幕才能听到。电话里她把张秋霞叫"姐"。顾茵梦说:"姐,我现在就在东郊,大概十五分钟就到村口。"张秋霞有点蒙,还有点紧张、羞涩、难为情。前几天,这个陌生女人发来微信,说要来找她。张秋霞以为她只是随口一说,没想到竟然会成为现实,更没想到顾茵梦会来得这么突然。

电话那头的女人顿了顿,张秋霞知道这是在等待她的回答。除了答应,她还能怎样回答呢?现在是早上十点,她一个全职主妇,不在家里还能在哪儿,就算是出去买菜,也不过是在村子里转悠,回去就是几分钟的事，撒谎都很难找到一个合适的借口。更何况张秋霞不会撒谎。她从小在山区长大，说话总是直戳戳的，有啥说啥，像山垭里的风一样无拘无束。再说了，人家一个女教授，造访城中村，能把她张秋霞作为调查对象，在她看来已经是屈尊，自己有什么理由拒绝呢？

张秋霞慌乱地挤出一点热情说："好啊好啊，需要我来接你吗？"顾茵梦说："不用不用，你一个人做家务也挺忙的，李家湾是吧？我导航就到了，对了，只能停到村口，你最好把你家具体位置发给我，我停好车走过来。"

给顾茵梦发了"鸿利宾馆"的定位后，张秋霞有些手足无措。往常这个时候，是她做家务的时间。家里两个孩子两个大人，四张嘴巴，一睁眼就得吃饭，所有的家务都由她这个全职主妇承担。最忙的是孩子上学之前，犹如打仗一般。她早上六点起床，揉搓头晚发好的面，用电饼铛烙几个饼，放在折叠桌上。然后她喊老大，丈夫唤老二，起床穿衣，刷牙洗脸，吃饭啃馍，半小时内完成所有工作，如龙卷风一般匆匆离去。八点以后，所有人出门后，世界安静下来，如暴风雨过后的宁静，这是独属张秋霞的时间。哦，说"独属"，未免太奢侈。这是她的干活时间。作为一名全职主妇，一个不挣钱的劳动力，她对自己的认知就是干活干活再干活，好像干一件活就能省下相应的钱。丈夫说，省钱就是赚钱。这也许是安慰她因为不挣钱而慌张的托词，但确实让她内心的愧疚有所缓解。这样算一算，自己也是挣了不少钱的。于是平日里，她总是随手拧一块抹布，这里擦擦，那里洗洗，反正不能闲着，闲着就是罪过，好像擦一下就能挣一块钱。据说外面的钟点工一小时一两百呢。

前几天她看那灶台不顺眼。在她住的城中村，灶台是公共地带摆上的一张电脑桌，放一罐液化气一个煤气灶，便可开火做饭。三楼的住户，都是外卖员快递员之类的单身汉，从不生火，只有她是拖家带口的住家户。于是这公用的灶台，实际上被她独享。一日三餐，天长日久，难免沾染油脂污垢，怎么刮也刮不干净。房东心善，十年不涨价，投桃报李，不用房东催促，她都有责任有义务把这片公共区域清理干净。

今天，清理灶台的工作肯定无法完成了。在等待顾茵梦到来的时间里，张秋霞站在家门口，以一个陌生人的视角审视整个房间，看有没有哪里不干净不整洁，她将以最快的速度处理，以便留给顾茵梦最好的印象。

门上挂着一张棉布门帘，不仅仅是为了遮挡夏天的飞虫，还为了保护隐私。城中村鱼龙混杂，十年来，她的邻居换了一茬又一茬，只有她家坚守于此。谈不上有什么感情，她对邻居们也有防备之心。

她自认为是好好过日子的人，可是邻居们不一定是。楼下又不是没有住过来历不明的女人，晚上还时不时传来夸张的叫声。那晚她被惊醒的第一件事，便是捂住孩子们的耳朵。月色皎洁，孩子熟睡的脸庞被白色的月光勾勒出一圈银边，嘴角有一道涎水。她突然有些悲伤，有些无力，有些想流泪。那一瞬间她想搬离这里，可是想想单元房的房费，瞬间就有挫败之感。城中村千般不好，万般不是，都抵不过其最大的优势——便宜。这十年来，任由外界房价飞涨，物价攀升，她位于三楼的这个蜗居，租金涛声依旧，每月三百五。这足以让她心中窃喜，对房东感恩戴德。

掀开门帘，张秋霞的这个家一览无余。就是一个普普通通的单间，大概二十个平方。如同村里别的房子一样，一张床，一个塑料衣柜，一台大屁股电视，几张桌子。如果非要找出不一样的话，大概是进门的粉红色书桌，那是张秋霞特意为女儿买的，女儿今年上小学，算是进城务工子女，教育局将其划分到了村子旁边的学校，和儿子一个学校。儿子也大了，今年五年级，靠窗的那张书桌归他。这个家，很少有人造访，如今却要迎接一位陌生的客人。她习惯性地拧着抹布，擦擦窗户，抹抹桌子，接着拿起拖把拖地，连床下都要拖一遍。不管来访者会不会看到，拖一遍她才心安。

估摸着顾茵梦快到了，她匆匆跑下楼迎接。从村口方向果然走来一个女人，穿着深蓝色连衣裙，长长的，只露出脚踝，一看就不属于这个村子，只是临时过来看看。在村里住了十年，张秋霞的眼睛就是一把尺子，能够准确判断是路过还是常住。城中村物价便宜，橘子苹果总比外面便宜个块儿八毛，也能吸引单元房的人过来。但是怎么说呢，那些人和常住户没有同样的味道。她一闻就能闻出来。

张秋霞远远招手，顾茵梦也挥手示意。她缓缓走来，步伐轻松，眼神明亮，未曾经历过日晒雨淋和风吹雨打，没有沉重生活的痕迹，看不出具体年龄。等她走近，张秋霞才发现，顾茵梦背着一个硕大无比的双肩包，一手还拎着一塑料袋水果。两人客气地打了招呼，顾茵梦的声音就像电话里一样软糯，说话慢慢的，长相斯斯文文。

张秋霞将顾茵梦引往楼上。明明外面艳阳高照，楼道却乌漆麻黑，天井里漏出的阳光并不能给楼道匀出一星半点。房东锱铢必较，向阳的位置，没有遮挡的房间，月租金会比终日见不着太阳的房子贵五十到一百元。谁说太阳是免费的，在李家湾村，每一束光线都明码标价。楼道不能摆放床铺，不生产价值，不创造利润，就只配暗无天日。

顾茵梦没有表现出不悦，而是摁亮了手机电筒。苍白的灯光引路，为漆黑的楼道带来微弱的光线。张秋霞的心却一点点往下沉，生活的贫穷和窘迫，就这样展示在一个陌生女人面前。她可以吃苦，但她不愿意示弱。

山里人，也许就是这么倔强吧。她有些后悔，刚才怎么就没有编出一个理由，哪怕是蹩脚的无力的，来阻止顾茵梦的造访。

这一切源自半年前的突发奇想。

地铁开通后，丈夫所在的公交公司开始降薪，收入大打折扣。张秋霞觉得，自己不能再赚那些"空头"钞票了，她要实实在在赚钱。她开始在网上记录生活。其实是存有小小私心的。"说不定呢，说不定成为网红赚大钱呢？天天刷短视频，不乏一夜成名财源滚滚的案例，说不定天上真的掉馅饼呢？"那晚她搂住丈夫说。反正又不要成本，无非是买一个三脚架而已。她说干就干，也不懂什么剪辑，就随便拍一拍，发一发。她一个全职主妇，初中毕业，相貌普通，不会唱更不会跳，也拍不出什么有深度有流量的片子，就是记录一日三餐，诉说心路历程，配上简单的解说和连篇的错别字。

大概是上天念她不易，给了她一条生路，半年时间，从零开始，竟然慢慢积累了两万粉丝。她顺势开始带货，有商家寄来的产品，放在橱窗销售，或者在视频里植入几次广告。"植入广告"这个词语，也是她从网上学到的。真是妙啊，就像小时候在山里种树一样，不说种，不说插，用"植"这个词，显得那么高大上，就像在完成一番宏图伟业，与肥皂剧里插入的舒化奶脑白金一个档次，好像自己也成了女主角。她把日子掰碎，赤裸裸展现，把生活过成了连续剧，让人家窥视、谈论、评说。

有人加油打气，更多的是质疑和怜悯。有人批评"没钱你还生那么多"，也有人嘲讽"天天吃馒头不腻吗"。她遭受了虚拟社会的重重恶意。老公差点对她动手，嫌她丢家里的人。"要是老家亲戚看到，怎么想？"他说。躲在屏幕后面，她无所适从，甚至打算不干了，退出江湖。可是思来想去，还是舍不得半年积累的粉丝和收获的流量。放弃实在可惜。更重要的是，这个账号也让她赚了一点钱，让她这个十年来零收入的家庭主妇第一次有了进账。一天天下来，竟也不少，足够给孩子们买一些牛奶水果。这就是她咬牙坚持的最大动力。

顾茵梦就是在网上认识的。

顾茵梦给她发私信,自称是大学老师,出于完成课题的需要,想采访一下她。网上坏人多,她半信半疑,把顾茵梦的账号内容一条一条点开看过,定位的确是在某高校。这所学校她是知道的,知道这所学校是因为附小附中,那是这所城市乃至这个省最有名的学校,高考排名永远是本省第一,从未下滑。当然对她来说,仅仅是听说而已,从来不敢期望自己家的孩子能够触碰到那个学校。她清楚娃的实力和自家的财力,安分守己,绝不痴心妄想。顾茵梦的私信,让她与那所大名鼎鼎的学校产生了一点点联系。这点联系令她答应了顾茵梦的请求,通过了顾茵梦的微信好友申请。

她走在前面,掀开门帘,邀请顾茵梦进屋。面对房间的局促,对方并没有惊奇,大概是看过她的视频,有了心理准备,也有可能是故作平静,刻意掩饰自己的惊讶。

房东为了挽留她这个长租户,把三楼最好的单间留给了她。房子向阳,楼下就是小学操场,无遮无挡,有时还能看到自家的娃娃在操场上嬉戏玩耍。张秋霞站在顾茵梦的侧面，借助明亮的光线，看到她遭遇亮光而突然收缩的瞳孔，以及光洁的面颊，挺拔的鼻梁，细腻的皮肤，突然就有些自惭形秽。

顾茵梦把手里的水果放在折叠桌上。张秋霞推辞一番，终究还是收了。二人坐在床上。没有沙发，只能坐在床上。张秋霞知道出租屋不好看，于是很少邀请外人来做客。夫妻二人的朋友，都忙于生计，也少有人登门。平日里一家四口围着折叠桌吃饭，有的坐床，有的坐小凳子，也不觉得不雅观。可是现在，陌生的女人坐在自家床上，倒让张秋霞局促而坐立不安起来。这样的身份，配得上一张沙发，可是她只有床。顾茵梦倒是一脸坦然，毫不在意的样子。张秋霞便摸出小板凳，与顾茵梦相对而坐，保持一米距离，好像离得远一点，才能缓解自己的难堪。

顾茵梦表明来意，与她在微信里说的一样，大学老师想调研农民工自媒体使用情况，发现了张秋霞的账号，认为很有价值，想以张秋霞为样本，开展课题研究。顾茵梦补充道："姐，你可以多说一些，比如失业就业情况，比如压力来源，比如媒介使用，啊，就是你为啥开账号，还有你的心理状态，我的调研是匿名的,你大可以放心。"顾茵梦一边说,一边从双肩包里掏出笔记本电脑和录音笔,放在折叠桌上。

张秋霞有点紧张。她只是随便在网上发发,谈不上什么专业手法、拍摄技巧,能有两万粉丝,能有一点点收入,是她事先从未预料到的。两个娃,全职主妇,城中村,十年,每一个标签都足以引起轰动,获得热议。她把四个标签都占全了,这是关注,也是卖惨。她怎么就把日子过得那么恓惶呢?她问自己。

她不知道从何说起。嘴巴像是被胶水焊住了。她笑了笑缓解自己的紧张。顾茵梦也笑了笑,说:"不要急,姐,我们就随便聊聊。要不,你先带我参观参观。"

张秋霞站起来,领着顾茵梦参观她的陋室。她的生活,就围着这二十平方。站在门口就能一览无余,实在没有什么好看的。她又带领顾茵梦去她的专属厨房,视频里她制作一日三餐的地方。她的案板,她的菜刀,她的洗菜篮子,她的汤勺铲子漏勺,一个家庭主妇几乎所有的烹饪工具,都摆在摇摇晃晃的电脑桌上——应该是哪个租客没来得及搬走,被房东捡来的。

城中村里，你来我往，熙熙攘攘，捡漏的机会倒是多的是。一切都显示出粗陋，所有都透露出凑合。还有灶上陈年的油垢，日积月累不能排出油烟导致的乌黑墙面。它们耀武扬威，肆无忌惮，非要向来访者暴露女主人的拮据和寒碜。

十年前，张秋霞和丈夫二人，抱着一岁的儿子，扛着家乡的玉米土豆红苕，落脚省城时，就住在这里。那时候一切都新奇，不觉得简陋粗糙。六年前，张秋霞生下二丫，在省城坐月子，婆婆前来照看，拉条帘子，支张行军床，熬过了一个月，那时候忙着带孩子，不觉得简陋粗糙。半年前，张秋霞开始在网上发视频，隔着屏幕，不用直面观众，不觉得简陋粗糙。为什么，顾茵梦一来，自己就那么窘迫？这些熟稔无比的地方，怎么看都不顺眼了。明明顾茵梦没有做什么啊，礼数到位，平易近人，待人和善，在她的眼睛里找不到一丝一毫的嫌弃。为什么自己就羞得臊得恨不得找个地缝钻进去？

顾茵梦不属于这里，来自另一个世界，如同天外来客，让她麻木的心灵和平静的生活掀起惊涛骇浪，波涛汹涌。

她很想知道顾茵梦的世界,那个她未曾触摸的世界,是不是像电视里一样精致优雅、光鲜亮丽?顾茵梦的孩子,不知上小学还是幼儿园,反正顾茵梦肯定不用像她一样,为了分到目标学校,顶着四十度的高温,去教育局门口排着长队交资料。她的要求不高,窗户对面那个小学就行,尽管那里被统称为菜小,是本地孩子避之不及的地方。对于她这样的外地人来说,能把孩子送进菜小已经知足,起码比老家村小好,她安慰自己。没有让孩子成为留守儿童,在寸土寸金的城市里把孩子拉扯长大,一想到这里,她甚至有点骄傲,这也是她坚守省城的最大动力。孩子是她的力量源泉。她胳膊有力,腰肢粗壮,揉一次面能蒸两锅馒头,娃吃得香她就开心。要是娃再夸赞一句"妈妈你做的饭真好吃",她就能生出更多力气,恨不得再揉它个三锅四锅,再辛苦也值。

她知道城里人舍得给孩子投入。房东家的孙子,不愿意读户口所在的菜小,小学就开始择校,进了一个二类学校,据说花了十六万。这个数字令她咋舌,十六万啊,就这么轻飘飘撒出去了。她又有点不安,房东花了那么多钱,会不会借机涨房租?惴惴不安地等待很久,还是原来那个价,她那颗心才放回去。房东说:"这算啥,顶尖学校,得这个数。"他伸出四个指头,那更是她想都不敢想的天文数字,也明白了什么是差距。至于辅导班,她去问过,奥数班一节课两百块钱,一个月得八百;舞蹈班,一年五千六。还是算了吧,庄稼地里开不出玫瑰花,沙漠里长不出星星。孩子学习不好不坏,起先她还失落不甘,后来也就释然了。养孩子就跟种庄稼一样,你自己都没有多余的金钱和精力去灌溉施肥,又凭什么要求孩子成龙成凤?有什么因,就结什么果。想通了这些,她就无所谓了。对孩子的要求也降低,不在意他们学习多好,光耀门楣,只求他们健康平安。长大以后,能养活自己就成。

眼前这个女人,对孩子的要求一定很高吧。肯定不会像她一样,以拉扯长大为目标。人家对孩子,还不知道多精细多上心。

顾茵梦跟在她身后,像老家养的那只橘猫,乖巧温顺，感觉不到一丝一毫的犀利和任性，好像永远照顾着你的情绪，包裹你的悲伤。那只猫橘白相间，极其黏她。张秋霞走到哪里，猫就跟到哪里，悄无声息。有几次抓住了老鼠，不急于吃，而是叼到她面前邀功。她吓了一跳，一脚踢去，橘猫受力吃痛，啊呜一声，老鼠连滚带爬溜走。橘猫从主人那里讨不到好，委委屈屈，一跃而去。晚上偷偷回家，也是步履轻盈，无声无息，一副犯了错误的小模样。她抱住橘猫，凑近猫耳，小声嘀咕，向它道歉。后来她进城，不得已把橘猫送到婆家，还伤心地哭了一场。

　　眼前的女人，和她之前遇到的所有女人都不一样。不管是老家的女人还是现在城中村的女人，几乎都是一个模子刻出来的，四肢有力，身体粗壮，眼神黯淡无光，那是长期自卑、麻木、怯懦、胆小怕事的综合。当然还有一种女人，打扮时髦，甚至可以说是性感，声音高亢响亮，高跟鞋咚咚作响，恨不得全世界的男人都知道她的到来，对于同性，则是嫌弃这里瞧不上那里。她们被统称为坏女人。

　　眼前这个女人，让张秋霞知道，世界上还有这样一种人，眼睛明亮，笑容温和，声音轻柔，脚步雅致，温和中带有力量。她们不一定好看,但是有知识,不会被老公暴打,不会被别人调侃,不会随波逐流。以张秋霞初中学历的水平,她搜肠刮肚,从自己贫瘠的辞藻里唯一能想到的一个词是,知性。她的内心活泛起来,自己的女儿,我的二丫,如果能够好好读书,成为这样的女人,那就再好不过了。

二人巡视一圈,又坐回房间。大概是相对熟悉了,张秋霞的话匣子突然打开,从乡下生活讲到进城,从洗衣做饭讲到拍短视频,泉水一般滔滔不绝。她的嘴巴简直不受大脑控制了,好像只要一张嘴,词语和句子就连绵不断喷涌而出。她惊异于自己竟然这么能说会道。这十年来,她没有朋友,没有亲人,有的只有丈夫和孩子,终日围着锅碗瓢盆打转,从来没有哪一个人,会安静地坐下来,去倾听她的故事、她的人生、她的喜怒哀乐。

她也有过落寞,有过辛酸,有过失望,有过不甘,可是无处诉说,说了也没人听。老公觉得她矫情,孩子太小听不懂,邻居走马灯一般变换,老乡都忙于生计,慢慢地她焊住了嘴巴,缩小了圈子,也不再相信任何人,所有人都别想跟她交心。她龟缩在这间二十平的出租屋，躲藏在人来人往的李家湾村，给自己围了一张硬壳，结上厚厚的痂，把自己严严实实包裹起来。要不是怀揣着赚钱的梦想，她也不会拍视频，把生活中的困窘和不堪扒拉开来，赤裸裸地展示给外人看。丈夫说得对，那始终不是一件光彩的事情，若不是生活所迫，要不是想赚钱，张秋霞不会这么做。

顾茵梦认真听着，间或插入几句话，频频点头，手指飞动，在笔记本电脑上快速而有力地敲击。那只录音笔静静地躺在折叠桌上，忠实记录两人的对话。张秋霞觉得一切都像是那场夏日里的旖旎春梦。

那时候丈夫在省城刚刚落脚，她才生了儿子，丈夫打电话来，描述城市的繁华。遍地都是钱，丈夫说。放下电话，她怀揣梦想，躺在树林里的吊床上，看天上的白云渐渐聚拢，似乎被某种使命召集在一起。她看呆了，这些云是从省城来的吗？它们还会回到省城去吗？夏日的某一天，她在吊床上睡着了。梦里，他们一家三口住进城里的电梯房，卫生间光洁明亮，毛玻璃照得出人影，孩子坐在马桶上，大喊"妈妈过来给我擦屁股"。后来她住进李家湾，发现丈夫并没有撒谎。总有粗心大意的小年轻，从裤兜掏钱的时候一把抓，指缝中漏出一张两张。她不动声色，抱着儿子，走上前去，用脚踩住，等对方走远了才弯腰捡拾。回家她对丈夫炫耀，每天捡个十块二十块，买房就不远了。只可惜，捡钱的速度赶不上房价上涨的速度，十年来，她除了多出来一个孩子，其他什么都没有。

刚来省城时，她也想去打工。李家湾村的制鞋厂，永远需要劳动力。她把婆婆叫来，婆婆惦记着老家的猪呀羊呀狗呀，惦记着土豆红薯玉米，没两天就要跑。保姆她是万万请不起的，一个月的保姆费，比她加班加点的工资还高。不得已她只好自己上，半年之后成为全职主妇。丈夫说，给你一百元，咋就那么快花完了？她眼睛睁得像铜铃，感觉受到了极大的侮辱。可是又有什么办法呢？这就是命吧。她以为世界上的女人都像她一样，跟老公要钱的时候总是底气不足。直到上网刷视频，人家那些全职妈妈，浓妆艳抹，养尊处优，左一个保姆，右一个月嫂，反正人家以自己过得好为最终目的。而她之所以成为全职主妇，围着锅碗瓢盆，是因为没的选。人和人是不能比的。渐渐地，她把"我们这种家庭"当成了口头禅。"我们这种家庭，要在省城买房很难。""我们这种家庭，就这样过日子吧。""我们这种家庭"，成了她的盾牌、她开脱的借口，似乎说出来就有一点理直气壮。

张秋霞万万想不到，现如今，八竿子打不着的两个人，竟然会端坐在出租屋内，而对面的女人，又是那么诚恳、正式而隆重地前来，只是为了倾听她的诉说。她莫名产生一种神圣感，为那个她听都听不懂的研究课题。自己是有价值的，是有力量的。

太阳一点点溜进来，从窗边的一小绺缓缓爬行，照到小凳上，晒得她浑身暖融融的，她内心的冰雪开始融化，外壳逐渐消退。她愿意把自己的一切都讲给对面的女人听。

要不是墙上的闹钟响起，张秋霞还会一直说下去。"现在时间，上午，十一点整。"小鸟钻出，高声鸣叫。张秋霞连绵不断的话语突然中断，她从旖旎春梦中惊醒。现实告诉她，再过一个小时，两张小嘴要吃饭。顾茵梦似乎明白，又是微微一笑。张秋霞太爱这种微笑了，谦和，温文尔雅。笑容代

表一切，无须多言。

"姐，你是不是要做饭了？"顾茵梦问。

"啊，不好意思，孩子要回来了。"张秋霞回答。

顾茵梦收起电脑，起身告辞，嘴里不断表示抱歉："打扰姐了，非常感谢。"张秋霞也笑一笑。

这一个小时，比她的一生都要漫长。

她关上门，打开手机电筒，走过狭窄黑暗的楼梯，把顾茵梦送下楼。她目送顾茵梦越走越远，背影逐渐模糊。她突然挥舞揉惯面粉的手臂，高声喊："妹子，欢迎你再来哦！"

顾茵梦听到，回头示意："谢谢姐，你快回吧。我下次再来！"

张秋霞如猫一样，回到自己的厨房。还剩一枚洋葱，可以做洋葱炒肉。她细细切着，鼻子酸楚，眼泪抑制不住地往下流。

洋葱太辣了。她自言自语。

她走到窗边，抽出纸巾，擦拭自己的脸庞。正是一天中太阳最炽烈的时候，这位天外来客慷慨大方，播撒自己的能量，驱赶一切黑暗与混沌。温柔，明媚，坚定，有力。这是大自然的恩赐，是所有美好的来源。

　　张秋霞双手合十，双目含泪，面朝小学操场，默默祈祷。